KB035289

이 바다를

너와 함께

걷고 싶다

매 물 도 , 섬 놀 이

이 바다를
너와 함께
걷고 싶다

최화성 지음

북노마드

작가의 말

지난 3년 동안 전국의 농촌 마을을 누비며 그곳의 원형을 이야기로 풀어내는 작업을 해왔다. 늘 떠돌고 머무는, 반복되는 생활에 지칠 때면 '섬'에 가고 싶다고 입버릇처럼 말했었다. 물론 말뿐이었지만. 나에게 섬은 육지의 농촌 마을과는 다른 무언가가 숨겨져 있을 것만 같은 곳, 신비스러운 옆모습을 가진 여자와 같은 존재였다. 물론 '잘 알지도 못하면서' 말이다.

그렇게 꿈꾸던 섬에 가게 되었다. 그것도 섬만큼이나 '잘 알지도 못하는' 세 남자와 함께. 돈을 벌기 싫어 쓰지 않는 삶을 택하고 봇짐 하나 덜렁 매고 산으로 들어간 시인 박남준, 전 재산이라고는 오토바이뿐이며 모터사이클로 지구 열 바퀴의 거리를 떠돈 시인 이원규, 생후 8개월부터 거문도에 살기 시작해 말보다는 바다를 먼저 배운 소설가 한창훈이 그들이다. 그들과 '땡기는 대로 놀아보자'에 결의하고 매물도로 떠났다.

우리는 매물도 여행에서 몇 가지 약속을 했다. 우선 육지와 바다를 전부 품고 있는 매물도의 특성을 활용해 여행 기간 동안 먹을거리를 직접 해결하기로 했다. 봄을 맞은 섬의 자연에서 우리가 손수 캐거나 낚은 먹을거리들은 세 남자의 이야기가 담긴 소박한 요리로 변모했다. 우리에게 매물도는 산놀이, 갯놀이, 바다놀이를 즐길 수 있는 놀이터였다. 그렇다고 우리의 섬 여행이 '원시야생수렵채취'로만 끝난 것은 아니다. 낮에는 200년의 시간이 흐르는 매물도의 자연을 탐닉하며 먹잇감과 놀이감을 찾아내며 주민들과 사귀었다. 그들의 이야기를 통해 매물도의 인문학과 만났던 귀한 시간이었다. 여기에 시인의 반짝이는 시심詩心, 소설가의 위트, 그들의 범상치 않은 삶의 이야기들이 골고루 비벼졌다. 밤이면 탄력 받은 이야기들이 술 한 잔을 연료삼아 지리산, 거문도, 몽골, 바이칼, 네덜란드까지 내달렸다. 매물도에서 나는 많은 것을 사랑하게 되었다. 하늘과 바다, 바람, 땅, 그리고 나와 함께한 동반자들……
그렇게 나는 매물도를, 아니 섬을 사랑하게 되었다. 언젠가 이 바다를 누군가와 함께 걷고 싶어졌다.

"뭔 짓을 하러 가라는 겨?"

출발 직전까지도 무엇을 하러 가는지 알지 못했던 즉흥여행이었지만, 바위 절벽에 형성된 마을은 오직 마음을 다해 두 발로 걸어야만 만날 수 있었다. 우리의 매물도 이야기는 한 권의 특별한 '섬마을여행인문서'로 남기에 충분할 것이다.

통영의 남쪽 끝에 위치한 매물도가 당신을 기다리고 있다.

2012년 봄을 떠나 보내며

최화성

차례

둘째 날

셋째 날

넷째 날

90일 후

세 남자와 한 여자의 관계

2009년 원규 형과 처음 만났다. 겨울이었다. '살고 싶고 가보고 싶은 농촌 마을 100선'을 심사하기 위해 대구에 몇몇이 모였고, 원규 형은 지리산에서부터 오토바이를 타고 대구로 날아왔다. 달에 착륙한 우주인 복장을 하고 나타난 그가 마냥 신기해서, 몰래몰래 관찰하며 그의 이야기에 귀를 쫑긋 세웠다. 자신이 몸으로 직접 만난 수많은 마을들에 관한 원규 형의 이야기는 밤이 새도록 끝날 줄 몰랐다.

2010년 그를 두 번 만났다. 4대강 사업으로 사라지게 될 낙동강 인근 마을의 마지막 모습을 기록하는 '낙동강 인근 마을 콘텐츠 스토리 작업'에 참여하며 워크숍 자리에서였다. 4월 안동 풍천면 가곡리 수곡고택에서 한 번, 5월 하동군 화개면의 한 농가에서 한 번. 그는 어디든지 오토바이를 타고 등장했다. 그가 사는 옆동네 화개면 한 농가에서 워크숍이 열렸을 때는, 다음날 아침 전날 마신 술기운이 불쾌하게 올라 있는 나를 포함한 일행들을 형제봉까지 안내해주었다. 오토바이에 몸을 실은 그의 뒷모습만 따라 다녔는데 그게 그렇게 믿음직스러울 수 없었다. 나와 동행들은 워크숍을 모두 마치고 그의 집을 찾아 복분자주를 탈탈 털어 마시고, 일부는 잠을 자고 일부는 아무데나 오줌을 눴다. 그런데도 그는 일행 모두에게 차와 술을 대접하며 떠나는 순간까지 마음을 다해주었다. 원규 형 집 마당에는 두 마리의 개와 부상으로 날지 못하는 매가 있었다.

가장 상태가 멀쩡한, 그러나 운전 실력은 턱없이 미숙한 내가 운전대를 잡자 걱정하는 얼굴로 후진하는 차의 궁댕이를 토닥여주던 시인의 모습을 잊을 수 없다. 그때 나는 '아, 저런 '형'이 있다면 얼마나 좋을까' 생각했었다.

남준씨와의 만남은 원규 형이 내가 운전하는 차의 궁댕이를 토닥여준 날 바로 이어졌다. 원규 형과 남준씨의 집은 차로 5분 거리. 가장 술을 덜 마신 세 명을 뽑아 운전석에 앉힌 우리는 세 대의 차에 나눠 타고 남준씨 집으로 향했다. 그날 우리의 만남은 억지나 다름없었다. 그나마 남준씨와 친분이 있다는 한 사람은 3년 만에 만나는 것이었고, 나머지 술 취한 무리들은 모조리 첫 만남이었다. 무작정 집으로 찾아가 그의 좁은 뜰에 차를 마구 세웠다. 남준씨는 무뚝뚝한 표정으로 우리를 맞았고, 더 무뚝뚝한 표정으로 차를 대접해주었고, 더욱 무뚝뚝한 표정으로 찻잔마다 매화를 한 송이씩 띄워주었다. 매화 꽃봉오리가 찻잔 안에서 환하게 잎을 터트렸다. 우리는 대부분 담배냄새에 쩔어 있었고, 남준씨의 방에서는 차를 말리고 있었다. 술 취한 무리들은 뭐라뭐라 떠들어댔고, 그나마 제정신인 나만 바짝 긴장해서 시인의 눈치를 살폈다. 첫 만남치곤 무례함의 극치를 달렸건만, 그 무뚝뚝한 표정은 사람을 불편하게 만드는 것은 아니었다.

그게 남준씨와의 유일한 만남이었다. 만남이라기보다는 마주침에 가까운. 난 그 마주침이 미안해서 두고두고 마음에 남았다.

미스터 한은 일별의 마주침조차 없던 사이였다. 그의 장편소설 『홍합』은 대학 시절 필사를 할 정도로 아꼈다. 그 후, 그의 작품들을 도서관에서 빠짐없이 찾아 읽었다. 손톱 사이 끼어 있는 때조차 짭조름할 것 같은 그의 문장이 좋았고, 온몸으로 성실하게 짓고 있는 그의 해양소설 세계를 동경했다. 지면을 통해 만난 사진 속 그에게서는 늘 바닷바람이 불고 있었다. 거친 곱슬머리는 자유롭게 흩날렸고 어쩐지 소금기 섞인 땀 냄새가 풍기는 듯했다.

그러던 어느 날, (인연이 있는 듯 없는 듯한) 세 남자와 3박 4일 매물도 봄놀이를 떠나보는 건 어떠냐는 제안이 들어왔다. 세상에! 조금도 망설일 이유가 없었다. '좋아요!'를 꾹 눌렀다, 아니 외쳤다. 당시 나는 농촌 마을의 사라져가는 원형을 어르신들의 생애를 통해 복원하는 마을 인문서 『노랑마을』을 집필하고 탈고하던 중이었다. 『빨강마을』에 이은 두 번째 '마을 책'이었다. 동시에 이루어지던 '낙동강 마을 콘텐츠 스토리 개발' 작업 등으로 심신이 지쳐 있던 상태였다. 2011년 1월 1일, 내 나이 서른다섯이 되던 날 정수리에 오백 원짜리 동전만 한 원형탈모가 찾아오더니, 낙동강 작업을 하는 내내 잠복해 있던 장염이 재발해 나를 괴롭히고 있던 차였다. 진지하고 무겁고 아프고 힘겨운 글쓰기, 관습적으로 내 자신을 괴롭히는 글쓰기로부터 벗어나고 싶었다. 바로 그 순간, 세 남자의 이름이 들려왔다. 그들과 함께할 '매물도'가 나에게 새 힘을 안겨줄 것이라고 믿었던 것이다.

"작가들이 얼마나 고약한 줄 알아? 나라면 절대 그런 작업 안 해. 섬에 모아 놓아도 분명 배 타고 통영에 나가 술을 먹거나 자기들끼리 쏘다닐 거라고. 술 먹고 싸움이나 안 하면 다행이지. 더구나 글 잘 쓰는 작가들을 대신해서 네가 글을 쓴다고? 그 힘든 걸 왜 해?"

주변의 걱정은 릴레이처럼 이어졌지만, 세 남자에게 꽂힌 마음은 좀처럼 빠질 기세를 보이지 않았다. 나는 무작정 세 남자를 믿고 싶었다. 설령 그들과 함께하는 소매물도 여행을 망친다고 해도 무언가 남는 여행이 될 거라 생각했다. 부족한 글 때문에 여기저기가 깨지고 혼나더라도 그들에게서 충분히 가르침을 받고 싶었다.

이렇게 '나만 조금 아는 사이'인 세 남자와의 3박 4일 매물도 봄놀이가 시작되었다.

소매물도길
Somaemuldo-gil

세 남자와
한 여자의
두 가지 프로필

생활자

지리산에 살고 있는 시인이다.

14년 전 서울 생활을 정리하고 단돈 50만 원을 들고 지리산에 들어왔다. 일곱 차례 이사 끝에 지금은 년 세(1년에) 80만 원짜리 집에 세 들어 살고 있다. 장거리용 중고 BMW와 산악용 스즈키가 유일한 재산이다. 스물다섯 살 때 광산에서 일하면서부터 오토바이를 타기 시작했고, 모터사이클로 국도, 임도, 산을 누볐다. 전국 국도를 훤히 꿰는 인간 네비게이션이다. 그는 모터사이클이 풀 대신 휘발유를 먹으며 초원을 달리는 '현대식 말'이라고 생각한다.

음식은 가리지 않으나 입이 짧고, 가끔 회가 먹고 싶은 날이 있다.

수경 스님, 도법 스님과 맺은 인연으로 지리산과 낙동강 도보 순례와 새만금 삼보일배, 북한산, 천성산, 가야산, 평택 대추리와 생명평화 탁발 순례, '생명의 강을 모시는 사람들' 종교인 1백일 순례단의 총괄팀장을 맡았다.

한반도 남쪽 곳곳을 줄잡아 2만 리 이상을 걸으며 세상사 안부를 묻고, 모터사이클을 타고 50만 킬로미터 이상을 달리며 두두물물에게 눈인사를 했으니 거리상으로 치면 지구 열 바퀴 이상을 돈 셈이다.

할 줄 아는 거라곤 20여 년이 넘는 시 쓰기와 라이딩뿐이란다.

시인 이원규

원규 형

여행자

벼룩 서 말보다 모으기 힘들다는 작가 세 놈을 모은 위대한 인맥(주변에 기괴한 사람들이 많기로 유명하다)이 재산이다. 남준씨, 미스터 한 사이에 비상연락을 담당하고 있다. 꽃이 피면 삼대를 데려와서 친한 척하는 지인들 때문에 눈이 덜 녹은 강원도 어귀로 도망을 간다. 모터사이클을 타고 지나가면 이웃에서도 다 알아보기 때문에 비밀연애를 하지 못한다. 그래서 늘 이렇게 외친다.

"비밀연애를 하려면 차가 있어야 돼!"

동네 주민들과 염소만 아는 좁다란 '토끼길' 찾기 선수, 혼자 텐트치고 야영하기 좋은 장소 찾기 귀신, 오토바이를 타고 달리며 눈물 흘리기 좋은 길 찾기 대장이다. 오토바이 타고 세계일주하는 게 오랜 꿈이다. 그의 활기차게 율동하는 표정과 속사포 수다를 곁들이면 '웰메이드 팝업북'을 보는 것만 같다. 세 남자와 한 여자의 소매물도 여행에서 '편안함과 정겨움'을 맡았다.

생활자

지리산에 살고 있는 시인이다.

서울과 전주에서 직장생활을 하던 중 '돈을 안 쓰면 안 벌어도 되겠군!'이라는 깨달음 끝에 1991년 도시를 떠나 모악산으로 들어갔다. 모악산 무당이 살다 버리고 간 귀축축하고 음습한 집에서 13년 동안 살았다. 그 시절 음악이 흘러나오는 스피커를 안고 울고, 달 보고 울고, 딱새 보고 울어대서 눈물로 도랑을 낼 정도였다.

2006년 지인들이 그를 지리산 악양으로 탈출시켰다. 하루에 두 번이나 뽀송뽀송 마르는 빨래를 보며 행복했다. 식탐은 없지만, 종종 짬뽕이나 냉면을 먹기 위해 전북 임실까지 장거리 이동을 감행한다. 마당에서 텃밭을 가꾸고 작은 연못에서 버들치를 키운다. 집 주변을 알짱거리는 뭇짐승들의 눈치를 엄청 보느라 화장실도 맘대로 못가며 살고 있다.

시인 박남준

남준씨

여행자

새의 지저귐만 듣고도 새의 이름과 현재 심경을 알아맞힌다. 식물 탐정다운 포즈로 곳곳에 얼굴을 내민 꽃과 지천에 널린 풀들의 정체를 밝혀낸다. 새, 꽃, 식물과 마주치면 그들의 이름을 불러주고 인사를 나눈 후에야 자리를 이동한다.
춤을 아이처럼 즐겁게, 그러나 멋스럽지 않게 춘다. 노래를 가수처럼 멋지게, 그러나 모든 노래를 A마이너로 소화한다. 기타를 하늘을 향해 세우고 튕기지만 세 개의 코드로 모든 노래를 연주한다(동네 밴드 오디션에 기타리스트로 응모했지만 하모니카를 불고 있다). 손짓, 발짓, 온몸으로 읊는 시낭송은 한 편의 연극을 보는 듯하다. 인터발 박, 데코 박, 참깨장수, 에이마이너 왕자 등 별명도 참 많다. 말이 느리고 발음이 부정확하고 진지하다. 유일하게 매물도에 온 기억을 품고 있지만 이번 여행에 별다른 도움이 되지는 않았다. 세 남자와 한 여자의 소매물도 여행에서 '진지함, 새침함, 귀여움'을 맡았다.

생활자

거문도에 사는 소설가이다.

여수에서 태어났지만 생후 8개월 거문도에 들어가 유년기를 보냈고, 해녀인 외할머니, 선장인 외삼촌과 함께 살았다. 말을 배우기 전에 바다를 바라보는 버릇이 생겼다. 일곱 살에 처음 생계형 낚시를 시작했다가 문득 사는 게 슬프다는 걸 깨달았다. 치 끝에서 낚시하다 본 '늘 젖어 있고 예쁜' 신지끼(인어)가 첫사랑이며, 열한 살에 섬을 떠나 육지(여수)로 이사했다.

이십대 초반 바닷가 어느 음악실에서 디제이를 했다. 이십대 중반부터는 여수에서 수산물가공공장과 작업선에서 살았다. 실연을 당했던 해, 광주에서 잠시 포장마차를 하며 닭발과 참새, 소주를 팔았다. 삼십대 초반까지 이삿집 센터 직원, 4.5톤 복사트럭, 귀걸이 노점상, 현장 잡부, 선원 등의 직업을 전전했다.

2006년 9월 다시 거문도로 들어가 자리를 잡았다. 현재 동네에서 낮에도 집에 있는 수상한(?) 글 쓰는 사람(?)으로 살고 있다. 하루 일과는 새벽 기상, 바람의 방향과 세기를 가늠하기, 담배 피우면서 그냥 있기, 원고 쓰기, 낚거나 뜯어온 것으로 국 끓여 밥 먹기, 책읽기, 산책이나 생계형 낚시하기, 사람들 이야기 듣고 있기다.

혼자 밥은 잘 먹지만 생선회는 그렇지 못하다. 가끔 육지 음식 족발이 먹고 싶다. 등단한 지 20년이 되어 가지만, 외할머니는 아직도 조상님 묘를 찾아가 '우리 아, 등단 좀 하게 해주소'라고 부탁한다.

소설가 한창훈

미스터 한

여행자

갯것 채취, 낚시하기, 생선 다듬기, 회 뜨기까지…… 나는야 바다의 사나이!

바다에서 나는 거라면 뭐든 잘 낚고, 잘 잡고, 잘 요리하고, 잘 먹는다. 몽골에서 세 대뿐인 헬기를 띄우고 군사 병력 50퍼센트를 움직이게 한 장본인이다. 각종 요리와 설거지까지 말끔하게 해치우는 살림 잘하는 남자. 세 남자 중 가장 성性 정체성이 분명하고 보이스도 가장 매력적이다. 네덜란드계 혼혈인이라는 소문이 떠돈다(잘 생기고 남자다운 골격을 질투하는 남준씨의 입에서부터 널리널리 퍼져나가고 있다는 후문이다).

남준씨가 노래할 때면 주변인들로부터 공연 수익을 챙기고 시 낭송을 할 때면 배경음악과 까만 선글라스 등 시와 어울리는 소품을 준비한다. 민박집의 얼굴만 한 텔레비전에서 용케 'Sky Pop Nostalgia' 채널을 틀고 음악을 선곡하며 디제이 포스를 뽐냈다. 시종일관 위트가 샘솟고, 바라만 봐도 남성다움이 느껴지며, 숨겨진 다정함은 치명적이다. 세 남자와 한 여자의 소매물도 여행에서 '위트, 다정함, 남성다움'을 맡았다.

생활자

홍대 인근 오피스텔에서 회색 고양이 다다씨와 동거 중인 작가다.

유년시절 피아노 의자 밑 후미진 곳에서 혼자 노는 걸 좋아했고

말을 하기 시작하면서 터득한 인형놀이를 여고시절까지 끊지 못했다.

성인이 된 이후, 인형놀이 금단 현상을 글쓰기로 풀어냈다.

이십대엔 치열하고 지독하게 소설에 매달려 버둥거렸으나

소설은 다수의 여자에게 미온적인 사랑을 나눠주는 남자의

문어발 한 짝과도 같은 태도를 꾸준히 취했다.

스물여덟에 문어발을 잘라내기 위해 인도네시아 자카르타로 떠났다.

다시 한국에 돌아와 소설과 재회하지 못하고 지역 문화와 사라져가는 것들에

대한 애정을 품게 되었다.

전국 50여 개의 농촌 마을 곳곳에 묻혀 있는 이야기를 채취하고

4대강 사업으로 사라지게 된 강마을의 마지막 원형을 글로 기록하고

갈 수도, 볼 수도 없는 비무장지대의 이야기를 스토리텔링하고

쇠락해가는 전통재래시장과 구 도심에 남아 있는 옛 골목에 이야기를 불어넣는

일을 하고 있다.

지은이 최화성

화성

여행자

세 남자에 비해 여행자로서의 특기가 전혀 없는 '도시녀'이다. 1퍼센트의 테크놀러지 대신 99퍼센트의 직수굿한 노동으로 여행을 일구었다.
무엇보다 오랜 시간 단련된 '술상 차리기' 실력을 뽐내며
늦은 새벽까지도 안주가 술상에 머물게 하였으니, 이는 세 남자에게 기쁨을 주었다
(세 남자는 오렌지, 키위, 산도, 웨하스에 환호했다).
파도 소리와 남준씨의 기타 반주에 맞춰 〈바닷가에서〉를 부르고 나서
무뚝뚝한 남준씨에게 유일하게 칭찬을 (조금) 받았다.
여행 내내 세 남자의 이야기를 듣고 기록하기,
마을 어르신들과 수다 떨기가 취미이자 특기였다.
해산물을 너무 좋아하고 밥 먹는 속도가 느려 가장 늦게 숟가락을 놓았고
술도 잘 마셔 늘 술자리의 마지막까지 오롯이 자리를 지켰다.
한 바가지의 물로 양치질, 세수, 발 닦기를 해내기도 했다.
여행에서 만나는 멋진 풍경보다 그곳에서 사는 사람들의 삶에 더 반했고
풍경을 사진에 담기보다는 그들의 '이야기'를 마음에 담고자 노력했다.
세 남자와 한 여자의 소매물도 여행에서 '헤픈 웃음과 우직함'을 담당했다.

첫째 날

비가 내리는 남준씨의 악양 산방에서, 고개를 쭈욱 내밀고 있는 꽃들이 지켜보는 가운데 한 여자와 세 남자의 만남이 이루어졌다. 그들의 목적지는 매물도. 그렇게 우리의 매물도 섬놀이는 시작되었다.

목욕 갔다 온
남자들과의
조우

대문도 없고 문을 잠그는 열쇠도 없는 옛날 흙집.

이곳은 남준씨 집이다.

경남 하동군 악양면 동매리.

박경리 소설 『토지』의 무대인 평사리의 이웃 동네다.

'동쪽 매화'라는 뜻에 어울리게 매화가 지천인 곳으로 유명하다.

집 한 켠으로 계곡물이 흐르고 뒤로는 산이 감싼다.

2003년 9월, 12년 동안 머물렀던 전주 모악산 자락의 '모악산방'을 떠나 이곳으로 이사 온 지 어느덧 10여년. 처마를 받치고 있는 기둥에 적혀 있는 '악양산방'이라는 남준씨의 손글씨가 정겹다. 먼저 와서 기다리던 원규 형과 인사를 나누었다. 그나마 세 번 만난 원규 형이 맞아주어서 다행이다.

"남준이 형 목욕 갔대."

엥? 아침 일찍 출발하기로 했는데, 목욕이라니. 일단 목욕간 남준씨를 기다리기로 했다. 그의 뜰에 비가 내린다. '발아래 꽃이 있어요, 조심하세요.' 그의 앞뜰에는 직접 만들어 글씨를 쓴 푯말들이 꽂혀 있다. 뒤뜰엔 그의 키만큼 아담한 정자와 그의 손만큼 작은 연못도 있다. 입구 제일 안쪽에는 자연순환형 화장실도 있나. 이곳에서 배출하는 크고 작은 분비물은 거름이 되어 그의 뜰에 뿌려진다. 그걸 먹고 자란 식물들은 다시 남준씨의 밥상에 오른다.

하루에 빨래가
두 번 마르는 시인의 집

남준씨가 이 집에 오게 된 데는 사연이 있다. 어느 날, '돈을 벌지 않기 위해 쓰지 않는 삶을 살 테다!'라고 결심한 남준씨는 쿨하게 도시 생활을 정리하고 전주 모악산으로 들어갔다. 무당이 버리고 간 빈집에 엉덩이를 붙였다. 무당에게조차 버림받은 그 집은 한낮에도 햇살 한 줌 움켜쥘 수 없을 만큼 음습하고 귀축축했다. 그 집에서 남준씨는 눈물로 하루하루를 보냈

다. 음악이 슬퍼서 울고, 새의 울음소리가 예뻐서 울고, 바람이 시원해서 울고, 친구가 오면 반가워서 울고…… 그렇게 13년을 버텼다. 남준씨의 지인들은 그가 녹아 없어지기 전에 그곳에서 탈출시켜야겠다고 모의를 했다(그의 지인들로 말할 것 같으면 그가 '바퀴벌레닷!' 하면 서로 잡아주겠다고 달려드는 그런 사람들이었다). 돈을 조금씩 모아 지금의 집을 남준씨 이름으로 등기를 하고 그와 세간들을 옮겨놓았다. 2003년 9월의 일이었다. 햇살이 잘 드는 지리산 자락에 터를 잡은 남준씨는 하루에 빨래가 두 번 마르는 것이 마냥 행복했단다.

그 사이 검은색 승용차가 마당으로 들어섰다. 뽀얀 얼굴의 남준씨가 차에서 내렸다. 남준씨는 우리를 보았지만 못 본 척, 알지만 모르는 척, 그저 무심한 자태로 집안으로 들어갔다. 뒤이어 원규 형과 남준씨와는 사뭇 분위기가 다른 '사내'가 내렸다. 검은 트레이닝복 차림에 검은 모자를 쓴 사내. 모자 밑으로는 흰색과 검은색이 적당히 섞여 곱실거리는 머리칼이 아직도 촉촉한 수분을 매달고 있다.

"내가 못살아. 기껏 찬물에 머리 감고 면도하고 왔더니 목욕을 가재."

하루아침에 두 번 목욕을 한 것이 억울한 듯 퉁퉁거리며 뱉어낸 말이 그의 첫인사다. 미스터 한과의 첫 만남, 남준씨와의 두 번째 만남이 이루어지는 순간이었다. 비가 내리는 남준씨 집 앞마당에서, 고개를 쭈욱 내밀고 있는 꽃들이 지켜보는 가운데.

지리산의
군불 때는 원룸

"이래 뵈도 원룸이야."

원규 형이 원룸이라고 소개한 남준씨 집은 방 한 칸에 옛날 아궁이에 불 때던 좁은 부엌을 개조하여 만든 차를 마실 수 있는 공간과 주방으로 이루어져 있었다. 개조는 했다지만 지붕을 뜯고 천막을 덮은 수준에, 여전히 나무로 군불을 지펴야 온기가 고이는 흙집이었다. 나무, 흙, 살림살이, 주인장 남준씨까지…… 무엇 하나 튀는 것 없이 색과 모양이 잘 어우러진 공간이다. 남준씨가 차를 준비하는 사이, 아침을 먹기로 예약해둔 식당에 확인 전화를 하니 단체손님 때문에 자리가 없으니 예약을 취소해야겠다고 말했다 (무슨 이런 경우가?).

"입이 있는 게 죄여."

미스터 한의 한마디에 원규 형이 말을 이었다.

"동네 사람들이 삼삼오오 깔리고 어쩌다 한 번 단체손님 받아 기분 좋고 이렇게 되어야지. 중심이 바뀌면 외로워져."

지리산 자락에 자리 잡은 마을, 그중에서도 젊은 사람이 많은 악양면은 관광객들이 많이 찾아오면서 식당 인심과 맛이 바뀌었단다.

아직도 남준씨의 뜰에는 비가 내린다. 날씨가 걱정이다. 저구 항에서 매물도로 가는 배가 뜨지 않으면 어쩌나, 어제부터 걱정이 이어지고 있었다.

"일본 기상으로는 오전 이후로 아주 좋다고 하던데 우리 기상은 늘 늦어. 일본은 서너 시간 단위로 쭉 나오거든. 우리나라는 그날 오전, 오후 두 번뿐이여. 근데도 안 따라가고 고집 부려. 못 맞추는 것들이 고집이 있어."

우리는 차를 한 잔 하고 아침을 먹고 천천히 출발하기로 했다. 일기예보를 질타(?)하고, 육지에서 가까운 거리라면 오후에 배를 한 대 정도는 풀어줄 가능성이 있다는 미스터 한의 말 때문이었다.

근데 뭔 짓을 하러 섬까지 가는 거야?

"근데 뭔 짓을 하러 섬까지 가라는 거야?"

미스터 한이 그제야 우리가 모인 이유를 물었다. '세 남자와의 여행'을 글로 써내야 하는 나로선 배가 안 뜬다는 소식보다도 가슴이 철렁 내려앉는 물음. 그들은 나와 만날 때까지도 어디로, 무엇을 하기 위해 떠나야 하는지 전혀 모르는 눈치였다. 여차여차 프로젝트에 대한 나의 간단한 설명을 듣곤 셋 다 반색한다.

"땡기는 대로 놀고 글은 안 써도 된다?"

나는 한 마리의 버들치가 되어 남준씨 집 연못에 숨고 싶었다. 출발 직전에야 어디로 갈 지 인지하고 떠나는 '즉흥여행'이라…… 내 속은 타들어가건만, 세 남자는 모두 평안한 표정으로 이야기를 잇는다.

"백도를 없애버려야 돼. 어따 흘려버려야 돼. 딱 전형적인 여행이야. 풍광이 없으면 사라져버리는 여행들. '백도'가 안 중요해. 여수에서 배를 타고 가는데 백도가 보이니까 늙은 아줌씨가 딸에게 전화해. '나 독도 보고

JBL

있거든.' 딸이 '남해에 웬 독도?' 하니까 '몰라, 동네 아저씨가 독도래.' 그게 다야. 풍경 아닌 것을 가지고 섬에 오게 해야 하는데 그게 없어. 지금이 피크야. 모내기 전에 단체여행 왔다 가야 하거든. 그 사람들의 여행의 특징이 한 번 간 데는 절대 안 가요. 같은 돈 쓸 바에는 새로운 데 가지."

미스터 한은 거문도에 산다. 어제 거문도에서 육지로 나와 하룻밤을 보내고 새벽부터 차를 몰아 남준씨 집에 닿았던 것이다. 미스터 한이 담배 한 대를 꺼내 입에 물었다. 남준씨가 드디어 입술을 떼고 첫마디를 내뱉었다.

"이제 곧 차茶 해야 되니까 안 돼."

느리고 어수룩하지만 단호하고 단단한, 묘한 힘이 있는 말투다. 남준씨의 두 배나 되는 어깨넓이의 미스터 한은 그의 한마디에 "에이 씨" 담배개비를 다시 집어넣었다. 작년 5월, 술 취한 무리들과 쳐들어왔을 때 남준씨의 안방에 고르게 널려 있던 찻잎이 떠올랐다. 다시 한 번 미안해진다.

남준씨는 우리에게 맛있게 우린 녹차 한 잔씩을 따라주었다. 녹차 향과 섞이니 비 냄새가 더 진하게 파고들었다. 남준씨는 냉동실에서 손아귀에 알맞게 잡히는 하얀 약통을 꺼내와 그 안에 든 것을 젓가락으로 하나씩 꺼내 잔 안에 띄웠다. 하얀 매화 꽃봉오리다.

"염병하네. 매화 가지고 뭔 짓을 하는 거야? 이런 짓을 하면서 나무를 사랑해야 한대." (미스터 한)

남준씨는 미스터 한과 원규 형의 잔만 빼고 매화를 한 송이씩 띄워주었다.

"원규나 나는 이 근방에 사니까 많이 먹어. 애는 그런 거 싫어하니까 안 줘." (남준씨)

"안 줘도 욕먹는 데 줘봐." (미스터 한)

"우리는 뭐 반 이상이 욕인데. 하하." (원규 형)

티격태격, 아웅다웅하는 모습이 밉지가 않다. 애정이 깊기 때문에, 그에 대한 마음이 지극하기 때문에, 퉁퉁 찔러볼 수 있는 과감함, 더 유쾌한 반동으로 튕겨 나오는 유머이리라.

기타 하나 동전 한 닢뿐,
인터발 박

"이제 짐 싸야지."

남준씨가 먼저 자리에서 일어났다.

"빨리 해라~잉!"

미스터 한은 그의 뒤통수에 대고 다그쳤다. 남준씨는 저렇게 말하고 나서 걸리는 준비시간이 빨라야 한 시간이란다. 먼저 나가서 시동을 걸고 기다리려면 애꿎은 시동을 몇 번이고 다시 껐다 켜야 된다고 했다. 그 사이 남준씨는 '어~ 동치미 뚜껑을 안 닫고 왔네' 다시 들어가고, 그렇게 다시 나왔다가 '어~ 칫솔을 안 가져왔네' 다시 들어가고. 그래서 붙여진 별명이 '인터발 박'! 남준씨는 못 들은 척하고 짐을 싸는 데 열중했다. 봇짐을 하나 꾸려 문앞에 두더니 기타를 어깨에 둘러맸다.

"노인대학 MT 가냐?"

미스터 한이 웃으며 말했다. 섬에는 나이든 노총각들이 워낙 많아서 전혀 메리트가 없다는 말도 덧붙였다. 아, 남준씨는 총각이었다. 남준씨는 이번에도 못들은 척 '끙'하고 자리에서 일어났다.

"가십시다." (남준씨)

"15분 됐지? 굉장히 빠른 거야." (원규 형)

"돌아오기 없시오!" (미스터 한)

이렇듯 전혀 닮은 게 없어 보이는 우리에겐 공통점이 하나 있었으니, 매물도에 대한 기억이 전혀 없다는 것. 남준씨만 유일하게 20여 년 전에 소매물도에 한 번 가본 적이 있다고 했다. 텐트를 치고 붕장어와 자리돔을 잡아 끓여먹으며 일주일을 보냈단다. 원규 형은 저구 항에서 술 마시다 섬까지 못가고 주저앉기를 여러 번이었고, 미스터 한은 살고 있는 섬도 지겨운데 뭐하러 섬으로 놀러 가냐고 했다. 나 또한 가본 적도 없고 이름도 생소한 섬이었다.

어쨌든 우리는 매물도로 간다.

앗! 꽃꽃들이 깨어나고 있어요
발 밑을 살펴봐요

재첩국과 랍스터를 오가는 브런치

악양의 식당에서 단체손님에게 밀려 퇴짜 맞고
아침을 거른 우리는 11시쯤 여여식당에 도착했다.
아침 일찍 목욕을 다녀온 둘과 어제 늦도록 음주를 즐긴
몇몇이 기다렸다는 듯이 시원한 재첩국을 들이켰다.

"이 집 재첩국, 제법 괜찮네."

미스터 한의 한마디에 재첩국이 더 맛있게 느껴졌다. 거문도에 사는 미스터 한은 섬에서 나는 생선과 갯것들에 대해 해박한 것을 넘어 요리까지 맛깔나게 잘하기로 소문 나 있다. 『인생이 허기질 때 바다로 가라』라는 책의 저자이기도 하다. 심지어 요리 프로그램까지 출연했단다. 요리 프로그램의 동선에 맞춰 움직이며 진행자의 질문에 미소를 짓고 있을 미스터 한이 상상이 되진 않지만 말이다. 지난날엔 어느 대학 국문과에서 '푸드 스토리텔링'이라는 과목을 강의해달라고 제안이 들어왔단다. 소설가인데다 요리까지 잘하니, 미스터 한이 딱 적임자였던 것. 개강에 맞춰 학교에 가보니 일반인 다섯 명과 한식조리학과와 외식조리학과 학생 몇 명이 수업을 듣기 위해 앉아 있었다. 문학을 배우고자 하는 학생들은 (당연히) 없었다.

"스토리텔링에 관심이 있소?"

미스터 한은 직설적으로 물었고 앉아 있는 학생들은 미리 리액션을 짠 듯 고개를 가로저었다.

"그럼 푸드로 갑시다!"

미스터 한은 '생선 간하는 법'부터 수업을 시작했다. 미스터 한은 그런 사람이다.

재첩국을 후루룩 마신 그들은 나란히 서서 담배 한 대씩을 피우고는 차에 탔다. 뒷자리에 셋이 앉는데 남준씨를 가운데, 양옆으로 미스터 한과 원규 형이 앉았다.

"쪼깐한 거 가운데 태워야지. 원로를 가운데 모시고 우리가 완충작용을 해줘야 해." (미스터 한)

미스터 한의 말에 남준씨는 흡족한 듯 웃었다. 미스터 한보다 남준씨가 여섯 살이 더 많지만, 스무 살 정도 많은 '영감' 취급을 하는 데는 다 이유가 있었으니……

랍스터를 좋아하는 독거노인

미스터 한이 여수에 사는 삼촌 일을 돕고 있던 때였다. 불쑥 남준씨가 앙상한 팔을 걷어붙이고 나타났다. 남준씨가 도와야 하는 일이란, 따온 톳을 가마니에 담고 옮기는, 제법 힘을 쓰는 일이었다. 대부분의 일꾼들은 두어 가마니씩 척척 어깨에 걸쳐 메고 옮겼다. 그런데 남준씨가 보이지 않았다. 한참 만에 발견한 남준씨는 톳 한 가마니를 온몸으로 부여안고 낑낑대고 있었다. 보다 못한 미스터 한의 삼촌이 아주머니 한 분을 '일 짝꿍'으로 붙여줬다. 어찌어찌 이틀 만에 일을 마칠 수 있었다. 미스터 한은 티끌만 한 도움도 주지 못하고 고생만 우주만큼 한 남준씨를 데리고 장어탕을 파는 식당에 갔다. 남준씨는 수저로 장어를 밀어내며 고사리만 건져먹었다. 맞선 나온 아가씨마냥 새초롬하게. 그 모습이 안쓰러워서 남준씨를 데리고 나와서 입구에 큰 수족관이 딸린 식당에 데려갔다.

"먹고 싶은 거 골라봐."

미스터 한은 돈 꽤나 들고 나온 맞선남처럼 굴었다. 커다란 수족관 앞에서 기웃거리던 남준씨의 손가락 끝이 머무는 곳에는 '랍스터'가 살고 있었

도소매 전국주문배달

다. 한 마리 시켜 나눠먹자고 하기가 좀 머쓱한 미스터 한은 선뜻 두 마리를 시켰다. 남준씨는 랍스터의 속살을 오물오물거리며 느리게 느리게 말했다.

"역시, 맛~있~군."

가마니 하나도 제대로 못 들어서 아줌마까지 붙여줬지만 입만큼은 최고급이었다. 서운치 않게 대접을 하고 배웅까지 해주고 돌아오니 외할머니가 말했다.

"내년엔 저 사람 데려오지 마라."

원규 형의 증언이 이어졌다. 어느 날, 보건소 직원이 남준씨를 찾아왔단다. 무슨 일이슈? 남준씨가 물으니 보건소 직원은 방긋방긋 웃으며 말했다.

"독거노인 실태 조사 나왔습니다!"

남준씨는 화가 나서 빽 소리를 질렀다.

"앞집 할머니는 나보다 나이도 많은데 왜 나만 조사하는 거요?"

"아, 그 집 할머니는 할아버지랑 같이 사셔서 '독거'는 아니거든요."

할 말을 잃은 남준씨는 실태 조사를 착실히 받았다는 얘기.

날씨가 딱 독거노인 실태 조사를 받던 날의 남준씨 마음 같다. 우중충하고 비가 오락가락한 것이. 그나저나 오늘 우리는 매물도에 들어갈 수 있을까.

"기상청 체육대회 때도 비오는 걸 뭐. 일제 때 목선에 돛달고 다닐 때 기준이야." (미스터 한)

"고속도로는 낯설어. 국도랑 지방도는 익숙한데." (원규 형)

내비게이션에서 뿜어져 나오는 여자 목소리에 저마다 한마디씩 한다.

"이 동네 앤가봐. 리어카 댕기는 길을 다 알아." (미스터 한)

"하동여고 출신인가. 하하." (원규 형)

"좀 더 가야 되나? 갇혀 있으니까 찌부둥하네." (남준씨)

그러고도 우리는 두 시간 정도를 더 달렸다.

롤러코스터를
타고
바다를 날다

문을 연 식당도 없고 오가는 사람도 없다.
매물도행 표를 살 수 있는 매표소마저도 인기척이 없다.
바닷바람만 뒹굴방굴할뿐 황량하다.

여기는 풍랑주의보가 내려진 저구 항. 매물도 사람들은 풍랑주의보가 내려지기 전에 섬을 벗어나 인근 통영으로 나간다고 한다. 섬 아낙들은 오랜만에 장도 보고 맛있는 것도 사먹고 미용실에서 파마도 하고 병원도 들리고, 밀어두었던 모든 일들을 처리하는 시간으로 풍랑주의보를 활용한다. 그러나 매물도로 들어가야 하는 우리는 풍랑주의보를 활용할 방법이 없다. 풍랑주의보가 익숙한 미스터 한은 슬리퍼 끌고 바깥마실 나온 듯했고, 저구 항에서 술 마신 기억이 지배적인 원규 형은 지난번에 술 마셨던 식당을 찾는 듯했고, 남준씨는 그저 먼 바다를 바라볼 뿐이었다. 오후에는 배 한 대 정도 뜰 거라던 미스터 한의 예측과는 달리 배가 뜨지 않았다. 마음이 급해졌다. 우리가 매물도에서 머물 수 있는 시간은 고작 3박 4일, 결코 긴 시간이 아니다. 그중 하루를 저구 항에서 보낼 순 없었다. 어쨌든 매물도로 들어가야 했다. 나의 근심을 알아챈 그들은 원하는 대로 다 할 테니 울상만은 짓지 말라는 표정으로 묵언의 동의를 해주었다.

배가 없는데 어떻게 매물도에 들어가느냐고?

'불법사선'을 타고!

비밀 접선 장소는 대포항, 오바!

우리는 저구 항에서 차로 10분 거리면 가닿는 대포 항으로 이동했다. 대매물도 당금 마을의 한 사선과 교신 끝에 대포 항에서 접선하기로 한 것이

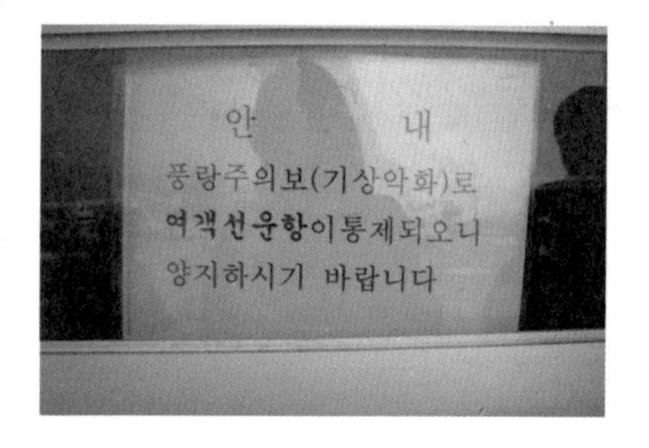
안 내
풍랑주의보(기상악화)로
여객선운항이통제되오니
양지하시기 바랍니다

었다. 우리는 한 사람 당 2만 원씩에 풍랑주의보가 내려진 바다를, 사선을 타고, 건너기로 했다. 나는 밀항하는 봇짐장사나 된 양 자못 비장한 마음에 손을 꽉 쥐었다. 그들은 너무도 태연하게 농담을 주고받고 잠깐의 긴장감도 허용하지 않고 히히덕거렸다. 이 정도 사건에 가슴이 콩닥거릴 사람은 나뿐이었다! 남준씨의 휴대폰이 진동했다.

"아니, 제가 지금 멀리 있어서."

남준씨가 떠나고 없는 '악양산방'에 아는(?) 사람들이 약속도 없이 찾아왔다. 그들은 이미 주인 없는 집에 들어가 짐을 부리고 앉아서 전화를 하고 있었다. 남준씨는 정중하게 돌아가라고 했고, 그들은 그의 부재와 상관없이 놀다가 자고 가겠다고 했다. 그들은 집이 좀 추운 것 같은데 난방은 어떻게 해야 하냐? 먹을 건 어디에 있느냐? 전화기에 대고 물어댔다.

"그냥 좀 가시라고요!"

남준씨의 언성이 조금 올라갔다. 보일러 팡팡 돌아가는 근처 모텔에 가서 편히 쉬라니까요, 까지 전하고는 전화를 끊었다. 늘상 있는 일이란다. 그건 원규 형도 마찬가지였다. 원규 형은 아예 집에 너와 나의 경계가 없는 곳이라는 뜻의 '피아산방'이라 이름을 붙여놓고 누구든 와서 쉬었다 갈 수 있도록 개방해두었다. 앞마당에는 섬진강이 내려다보이는 정자가 있는데, 누구든 와서 차 한 잔하고 갈 수 있도록 늘 준비되어 있다. 집으로 들어가면 '집 사용 설명서'가 군데군데 붙어 있다. 냉장고, 세탁기 등 가전제품에도 말이다. '잠시 들름' 정도면 얼마나 좋으련만, 도가 지나친 '눌러 앉음'이 문제다. 벚꽃이 피는 계절이나 여름휴가가 시작되면 어머니부터 자식까지 삼대를 이끌고 찾아와서는 집에 진을 치고 며칠이고 머물다 엉망을 만들어놓고 가기 일쑤다. 그래서 원규 형은 사람들이 몰려들 시즌이면 찾아올 누군가를 위해 집을 비워주고 길을 떠난다. 내 집에 데면데면한 관계의 누군가가 가족까지 몰고 와서 휴가기간 내내 함께 지낸다고 상상해보자. 딱 5초만 상상해도 잃었던 개념이 집 찾아올 일이다.

그 사이 대포 항에 도착. 마찬가지로 황량했다. 원규 형은 담배 두 보루를 샀다. 3박 4일 동안의 의식주는 모두 매물도에서 해결하자고 결연했다. '어딜 가나 사람 사는 곳이면 다 똑같지.' 그들이 낯선 섬을 대하는 마음은 이러했고, '없으면 없는 대로 있으면 있는 대로' 그들의 여행 준비는 이것으로 끝이었다. 우리는 잠시 먼 바다를 보며 배를 기다렸다.

"뱃멀미해?……요?"(아직은 서먹하고 조심스러운 사이)

미스터 한이 내게 물었다. 잘 모르겠다고 하니 뱃멀미를 예방할 수 있는 지압법을 알려주겠다며 내 손을 잡았다. 오른손을 팔목(팔목이 시작되는 부분부터 5센티미터 정도 위)과 엄지와 검지 사이 움푹 파인 부분을 눌렀다. 아프기도 하고 시원하기도 하고 어색하기도 하고 떨리기도 하고……. 만난 지 4시간 남짓 된, 호감 가는 '사내'가 여자의 뱃멀미를 걱정해 지압을 해주는 장면은, 조금 달콤했다.

그러나 달콤함은 여기까지였다.

오후 세 시의 차차차

'설마 저 작은 배를? 우리가?'

작은 사선 한 대가 키보다 높은 파도를 헤치며 위태롭게 다가오는 모습이 보였다. 거세게 부는 바람에 흩날리는 머리카락을 귀밑에 꽂으며 눈앞에 보이는 배를 못 본 척하고 싶은 심정. 미스터 한이 가장 먼저 배에 올라 손을 내밀었다. 손끝은 왈츠를 청하는 신사처럼 정중하지만, 파도에 흔들리는 몸은 이미 차차차를 추고 있었다. 우리는 모두 오후 세 시에 차차차를 추며 차례차례 배에 올라, 선장실과 이어진 작은 방 같은 곳에 들어가 옹기종기 모여 앉았다. 서로의 무릎이 닿을 정도로 좁고 낮고 작은 공간. 사선은 조금의 망설임도 없이 풍랑주의보가 내려진 바다를 질주했다. 파도가 갑판 위로 사정없이 넘실거렸다. 조금만 더 가라앉으면 잠수함을 타는 느낌일 것 같았다. 미스터 한은 재빠르게 제멋대로 벗어놓은 신발들을 안으로 피신시켰다. 배의 움직임은 놀이동산의 롤러코스터보다 굴곡이 가팔랐고, 창밖은 자동 세차 중인 차창처럼 드높은 파도가 창을 때리고 부서지길 반복했다. 드럼 세탁기 속에 앉아 있는 것만 같았다.

"우리 이모부는 선장이었는데 40년을 뱃멀미했어. 은퇴하는 그날까지." (미스터 한)

"내가 아는 선장님은 진짜 큰 배를 몰고 다녔거든. 멀미 한 번 안하고. 근데 기차 처음 타고 5분 만에 멀미를 한 거야. 기차 진동에." (원규 형)

"큰 파도가 오면 배가 30초씩 안 보여. 섬 총각들은 마음에 드는 아가씨가 있으면 일부러 험한 날 데려와. 무서워서 못 나가게. 그래서 오래 산 커플들도 많아. 섬에는." (미스터 한)

우리는 뭐가 좋은지, 마냥 낄낄거렸다. 해군용 고속선을 타면 거문도에서 여수까지 50분이 걸리는 데 산모를 태우면 애도 나와 버리고 산모는 배에서 기절해버린다는 미스터 한의 이야기가 끝날 즈음에야 당금 마을에 무사히 도착했다. 15분 만에. 그때까지만 해도 나는 알지 못했다. 풍랑주의보가 내려진 바다를 사선 타고 달리는 일을 스릴 넘치는 바다놀이 쯤으로만

생각했다. 그다지 위험한 일이라고는 생각하지 못했다. 매물도에 도착해서 우리가 그렇게 왔다는 것을 알게 된 한 분이 말했다. "목숨이 두 개 있는 육지 것들이나 하는 짓"이라며 혀를 끌끌 찼다. 만약 사고가 날 경우 보상을 전혀 받을 수 없을뿐더러 시체조차도 찾기 힘들어 말 그대로 '개죽음'이라는 것이다. 섬사람들은 절대 하지 않는 일이란다. 그럼에도 불구하고 너무 잘 알지만 전혀 괘념치 않는 미스터 한과 너무 몰라서 마냥 즐거운 우리는, 어쨌든 즐거웠다.

나무에

빤쓰꽃이

피었네

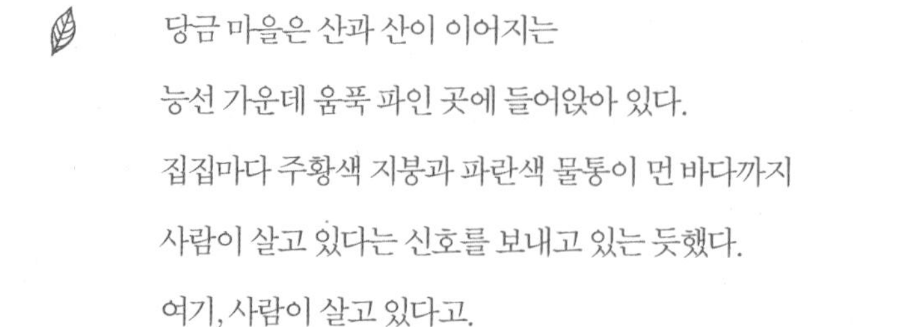

당금 마을은 산과 산이 이어지는
능선 가운데 움푹 파인 곳에 들어앉아 있다.
집집마다 주황색 지붕과 파란색 물통이 먼 바다까지
사람이 살고 있다는 신호를 보내고 있는 듯했다.
여기, 사람이 살고 있다고.
이 망망한 바다 가운데 섬이 있고, 그 속에 내가 살고 있다고.

대매물도는 두 개의 마을로 구성되어 있는데, 그중 하나가 당금 마을이다. 당금 마을은 비단처럼 자연경관이 수려하다고 하여 당금唐錦이라 칭했는데, 후에 금광이 시굴되자 당금唐金으로 다시 고쳤다고 전해지지만 확실치는 않다. 마을이 형성된 지는 200년 정도 되었다.

선착장에 내리니 비탈길이 이어진다. 롤러코스터 열 번 정도 줄지어 타고 난 듯 발가락까지도 울렁거리는 몸으로 비탈길을 걸어 올라갔다. 어느 정도 오르면 간판도 없는 구판장이 나오고 그걸 지나 좀 더 오르니 동네 고양이들이 인사를 건넸다. 좀 더 올라 민박집에 도착했다. 민박집 할머니는 이미 문밖에 나와 우리를 기다리고 계셨다. 우리는 할머니 혼자 살고 계신 민박집에서 하루를 보내기로 했다. 각자 짐을 풀고 마당에 모여 두런두런 이야기를 나눴다.

"나무에 빤쓰꽃이 피었네."

할머니네 앞마당 나무에는 원규 형 말대로 빤쓰꽃이 피어 있다(이 꽃은 다음날 아침까지도 활짝 피어 있었다). 시인은 나무에 속옷이 주렁주렁 걸려 있는 것을 '빤쓰꽃'으로 읽었다! 그 시선과 만나기 전에는 좀 민망하다는 생각이 들었는데 빤쓰꽃이 피었다고 하니 재밌어졌다. 함께하는 사람의 반짝 빛나는 에너지에 물들 수 있다는 건 즐거움이다. 나는 그들의 에너지에 마음껏 물들기로 했다. 작은 앞마당에는 빤쓰꽃이 핀 나무 외에도 보리수나무와 여러 가지 채소들이 심겨져 있었다.

"섬사람들은 식물과 흙에 대한 집착이 강해. 코딱지만 한 땅뙈기만 있어도 채소를 심어. 흙으로 중화를 시키는 거야. 집 안에서라도 흙과 나무를 가꾸어야 해. 우리 할머니 해놓은 거랑 다 똑같아."

거문도에서 해녀 일을 오래 하셨던 미스터 한의 외할머니네 앞마당도 이러했단다. 민박집까지 올라오는 길에 보았던 다른 집들 앞마당도 다 마찬가지였다. 작았지만 살뜰한 공간 분할로 근면하게 식물들을 키워내는 것이다. 섬 집 앞마당에서는 작은 공간의 미학을 맛볼 수 있다. 우리는 그 공간의 미학 안에서 지리산과 거문도를 넘나들며 이야기꽃을 피웠다.

세상에서
제일 나쁜 놈들

미스터 한의 외할머니는 거문도의 해녀였다. 동네 여자들은 미스터 한의 외할머니에게 물질을 배웠다. 섬마을 여자들이 현금을 쥘 수 있는 유일한 방법이 물질이었기 때문에 좋건 싫건 그것을 해야만 했다. 한 번 물질을 나갈 때면 처녀부터 중늙은이까지 마흔 명씩 우르르 바다로 몰려나갔다. 어린 미스터 한은 할머니 꽁무니를 좇았다. 여자들은 일제히 해녀복으로 갈아입고 다리에는 납덩어리를 매달고 깊은 바다로 뛰어들었다. 어린 미스터 한의 일은 그들이 벗어놓고 간 것들을 지키는 것이었다. 산다는 게 참 길고 무료한 시간의 연속이라는 것을 어린 미스터 한은 그때 깨달았다. 두 시간 정도 지나면 여자들은 일제히 돌아와서 한순간에 검은 해녀복을 벗어젖혔다.

"으미~ 볼만해."(미스터 한은 마치 그 광경이 지금도 눈에 펼쳐진다는 듯 이야기 중간에 감탄사를 넣었다.)

검은 해녀복이 벗겨지고 희고 물컹한 속살들이 쏟아져 나왔다. 잘 익은 고깃덩어리처럼 살에서는 김이 모락모락 피어올랐다. 그녀들은 어린 미스터 한의 손에 소라, 전복 따위를 쥐어주었다. 그것이 미스터 한의 인생에서 처음으로 받았던 일당이었다.

"그런데 해녀들이 따서 모아놓은 것들만 훔치러 다니는 놈들이 있어. 사람 죽이자고 드미는 것보다 더 나쁜 놈들이야."

미스터 한의 이야기는 나쁜 놈들로 불쑥 튀어 올랐다. 원규 형도 세상에서 제일 나쁜 놈에 대해 이야기를 보탰다. 가을이면 시골 앞마당은 붉은 고추로 가득 찬다. 마을 촌로들의 굽은 허리가 5도 정도 더 굽을 때까지 키우고 딴 고추들을 말리는 것이다. 내일이면 팔러가려고 잘 말려둔 고추(마늘도 마찬가지). 그것만 찾아다니며 훔쳐가는 놈들이 있단다. 원규 형 말대로 '세상에서 제일 나쁜 놈들'.

원규 형은 이전 마을에 살면서 할리데이비스를 타고 다녔다. 그게 얼핏 보면 경찰 것하고 비슷하게 생겼다. '텍사스 폴리스'라는 문구도 경찰의 그것을 연상시키기에 충분했다. 안면만 있을 뿐 친하게 지내지 않았던 마을 이장이 원규 형을 찾아왔다. 오토바이를 마을 입구에 놓아달라는 것이었다.

"경찰 오토바이를 입구에 세워두면 도둑이 그냥 지나갈 거 아닌가."

한동안 원규 형은 입구에 오토바이를 세워두고 집까지 걸어 다녀야만 했다. 해녀들이 목숨 걸고 따온 해산물이나 촌로들의 한 해 농작물인 고추나 마늘을 훔쳐가는 놈들에 대해 나는 한 번도 생각해본 적이 없었다. 도심의 지하철 소매치기나 아파트 털이범과는 다른 것만은 분명했다.

경치 좋은 데는
친한 사람이 사는 게 제일 좋아

인생 말년에 돈 좀 있는 걸로 지리산에 땅 사고 펜션 짓는 데 10억 쓴 사람. 이 사람이 누구일까? 원규 형 말에 의하면 지리산에 와서 제일 망가진 사람이란다.

"장사도 잘 안 될뿐더러 잘 되도 여관 조바야. 나이 들어 머리 허예서 매일 방 닦고 쓰레기 분리 수거하고 수건 빨고. 현금 10억 박은 거에 비해서 현금은 개뿔도 안 나와. 여름 한철만 돈이 좀 되고 겨울에 비워놓으면 보일러 다 터져서 수리비 나오고 미쳐버리는 거야."

"꼬시다." (미스터 한의 추임새)

땅 사고 펜션 짓느라 속은 이미 다 문드러졌고 장사가 안 되도 다시 도시에 돌아갈 수는 없다. 팔려고 내놓으면 투자 금액의 반이나 받을까 말까 하니 손해가 큰 것이다. 그렇게 도시로 다시 돌아가면 전에 살았던 아파트도 못 사는 것이다. 원규 형을 찾아와 펜션 짓겠다고 하면 딱 잘라 말한단다.

"그냥 일당 5만 원 받고 여관 조바하세요!"

지리산 피아골, 문수골 등지에 이런 사례의 사람들이 많단다.

"시골에 집 잘 지어 놓은 놈 다 머슴 살아. 맨날 손님 왔다 가면 방 닦고 똥 휴지나 태우고."

남준씨가 머슴 같은 표정으로 말한다. 원규 형이 그래도 꼭 지리산에 집을 갖고 싶은 사람에게 팁을 알려준다.

"정말 집을 갖고 싶으면 자기가 짓는 게 아니고, 남이 짓고 나서 너무 고생스러워서 정이 떨어져버린 집, 그걸 사버리는 거야. 내가 투자해서 짓는 것보다 싸고 덜 고생해."

때를 놓치지 않고 파고드는 미스터 한의 현답!

"그래도 내가 사는 것은 굉장히 불편해. 경치 좋은 데는 나하고 친한 사람이 사는 게 제일 좋아."

주인이 없는 게 메리트

물론 지리산에는 실속 있는 장사도 있다. 10억 녹여 넣은 펜션 장사 대신 돈 한푼 들이지 않고 장사를 잘 해먹는 노인의 이야기가 이어졌다. 노인의 장사 터는 지리산 둘레길의 한 지점에 위치해 있다. 둘레길을 걷다보면 백이면 백, 누구든 목이 말라 마실 것을 찾게 되는 'A 지점'이 있단다. 고것 참 신기하게도 말이다. 노인의 장사 터는 그 'A 지점'이다. 노인은 그곳에 맥주 무인판매대를 만들어 놓았던 것이다.

"거기가 딱 자기 논이거든. 논에서 물이 나오는 데 엄청 차가워. 근데 도시 사람들이 그 물을 먹기는 좀 그래. 거기를 파서 캔 맥주를 서른 개씩 담가놓고 2천 원에 팔아. 시원한 물속에 들어가 있는 맥주를 보면 안 먹을 수가 없어. 열 명이 지나가면 열 개 먹게 되어 있어. 포인트야, 딱!"

노인은 건너편 산중 다랑이 논에서 일을 하다가 한 번씩 판매대를 쳐다본다. 세 시간에 한 번씩 와서는 맥주 서른 캔을 채워놓고 돈통에 쌓인 돈을 수거해간다. 노인이 장사를 위해 투자한 것은 주운 나뭇조각들을 망치로 두드려 박은 돈통과 버려진 포도박스 주워서 '2천 원'이라고 써놓은 것뿐이었다. 그러나 장사 수입은 동네 슈퍼보다 훨씬 나았다. 그러나 여기서 주의할 것!

"장사가 잘 된다고 원두막처럼 시설을 갖추고 주인이 앉아서 가격을 3천 원으로 올리면 안 돼. 그러면 망하게 되어 있어. 주인이 없다는 게 메리트니까."

장사가 조금 잘 되면 가게를 번듯하게 확장하고 메뉴의 가격을 올리는 게 순서이나, 그렇게 하면 망하는 지름길을 걷게 된다는 것. 적당한 열정, 적당한 욕심, 적당한 성취, 적당한 만족…… 망하는 지름길을 걷지 않기 위해서 적당해야 할 내면의 경계는 어디일까.

물속에서 잠을 자는 수중생활

배가 뜰 수 없을 정도의 풍랑주의보가 내려진 날씨가 오죽할까. 어두컴컴 내려앉은 구름은 빗방울을 뿜었다 머금었다를 반복했다. 바다로부터 해무海霧까지 밀려오기 시작했다. 거문도에 사는 미스터 한과 지리산에 사는 두 시인의 날씨에 대한 이야기가 이어졌다.

"이러다 6월이 피크야. 한 달 내내 이래. 남풍에 안개가 밀려올 때는 이렇게 마당에 앉아 있으면 5분만 지나도 머리에서 물이 뚝뚝 떨어져. 말려놓은 미역도 다시 바다로 가려고 몸을 푼다니까. 사람들도 이상해져. 부부 쌈도 더 자주하고."

섬마을의 6월, 해무가 밀려오면 2미터 앞이 안 보일 정도로 그 밀도가 어머어마하단다. 앞이 보이지 않으니 배도 못 뜨고 어장에도 못 나가니 일도 못한다. 그래서 마주 앉아만 있자니 짜증이 나고 그래서 술 먹고 싸우는 날들이 많단다. 그 계절이 지나고 가을이 오면 쓸쓸하고 허전하니까 다시 가까워진다고. 남풍에 밀려온 해무만으로도 충분한데 미스터 한의 집 옆으로는 도랑이 두 개나 생겼단다.

"그때는 잠을 자도 물속에서 자."

그렇게 해무가 몰려올 때면 온 세계 곰팡이들이 전부 밀려온다. 오늘은 파란 곰팡이가 피면 내일은 검정 곰팡이가 피고 모레는 붉은 곰팡이가 벽에 도배를 한다. 잠시 섬을 좀 떠나 있고 싶어도 곰팡이 관리 때문에 옴짝달짝 할 수가 없다. 그나마 사람의 온기라도 불어넣어야 관리가 되는데 그마저도 돌아서면 또 곰팡이가 피어 있다. 미스터 한은 색깔과 모양이 다른 곰팡이 종류가 그렇게 많다는 것을 섬에 살며 처음 알게 되었다고 했다.

이제 산사람들의 차례다. 섬뿐만 아니라 작년 여름은 유독 장마가 길어서 산에도 습기로 고생이 심했다고 한다.

"비가 계속 왔어. 쨍한 날이 거의 없었으니까."

남준씨의 흙집은 그 특성상 기본 습도가 있는데다 한쪽 옆구리로 흐르는 계곡 덕분에 맑은 날에도 습도가 높은 편이다. 비가 계속 이어지던 어느 날, 치솟던 습도가 95퍼센트를 유지하더니 급기야 벽에서 물이 줄줄 흘러내렸다. 그런 집에서 젖은 옷을 입고 젖은 이불을 덮고 수중생활을 하는 날이 계속 됐다. 또 그 지인들이 어찌어찌해서 에어컨 한 대를 놔줬다. 지리산에는 냉방 기능 때문이 아닌 오직 제습을 위해서 에어컨 팬을 돌리는 흙집이 있다.

원규 형 집이라고 다르지 않았다. 피아산방의 주변은 대숲이 감쌌고 앞으로는 섬진강이 흘렀다. 악양산방보다 사정이 조금 나았지만 널어놓은 빨래가 며칠이고 계속 물을 뚝뚝 떨어뜨리는 것은 마찬가지였다. 입을 옷이 없었다. 주변 지인들이 어찌어찌해서 작은 제습기를 하나 후원해줬다. '시골에서 뭔 놈의 제습기냐?' 그랬지만, 막상 받아서 빨래건조대 밑에 놓고 틀어보니 빨래가 마르는 거였다.

"거 참 신기하대." (원규 형)

"있을 거 다 있네. 나보다 더 있네." (미스터 한)

"어디서 제습기 하나 후원 받아줄까?" (남준씨)

미스터 한은 쿨하게 웃으며 대꾸했다.

"있는 물건도 많아 죽겄어. 그냥 이러고 살지, 뭐."

역시 해가 나고 뽀송뽀송한 날이 좋다는 결론! 우리는 뽀송뽀송한 섬 날씨를 만날 수 있을까. 해무가 낀 매물도에서의 3박 4일이 될지라도 세 남자와 함께라면 나쁘진 않을 것 같지만 말이다. 토실토실한 두릅을 한아름 안은 주인할머니가 마당을 가로질러 집 안으로 들어가셨다. 할머니가 지어준 밥을 먹으려면 한 시간은 남은 것 같다. 우리는 살살 고파오는 배를 안고 어슬렁어슬렁 구판장을 향해 내려갔다.

32

STALLION

에스키모 신화가 살아 있는 구판장

간판도 없는 구판장 안에서 할머니가 전을 부치고 계셨다. 할머니의 팔짓에 맞춰 기름이 자작한 프라이팬에서 동글동글하게 썰어진 호박, 가지, 양파 등의 채소들이 노릇노릇 구워졌다. 고소한 기름 냄새가 식욕을 자극했다. 우리는 야채전에 관심을 집중하고 허기를 들어내며 군침을 흘렸다. 늦은 아침으로 여여식당에서 재첩국 한 그릇 먹은 게 전부, 시간은 이미 오후 5시를 넘기고 있었다.

'어? 이게 뭐지?'

우리의 관심을 야채전으로부터 잠시 끌어낸 건 테이블에 놓인 박스였다. 박스 안을 들여다보니 비둘기 한 마리가 얌전히 자리를 틀고 있다.

"며칠 됐는데 안 가."

할머니는 야채전을 뒤집으며 말했다. 우리는 섬마을 구판장에서 살고 있는 비둘기가 신기한 듯 구경했다. 비둘기가 어떻게 이곳까지 오게 되었을까. 저마다 추리를 동원했으나 미스터 한의 이야기가 가장 설득력 있었다.

대만 사람들은 비둘기를 집에서 키우기도 하고, 비둘기에 염원을 담아 날려 보내기도 한단다. 미스터 한은 하이웨이 호를 타고 대만에서 홍콩으로 항해하던 중 날아와 배에 앉아 쉬고 있던 비둘기들과 만났다. 지붕에서 올라타 자리를 잡은 집비둘기들은 컨테이너 위에 아예 살림집을 차렸다. 그렇게 집비둘기들은 종종 항해하는 배에 올라타는 데, 쫓을 방법이 없어 늘 무임승선을 허락할 수밖에 없단다. 그 배의 캡틴이 미스터 한에게 말했다.

"비둘기들은 날갯짓을 하고 날아간 길은 기억하고 다시 찾아가지만, 무언가를 타고 저렇게 서서 가면 길을 잃어버려."

오래전 캡틴의 말을 다시 읊조리며 미스터 한은 '아마, 이 비둘기도 배를 타고 와서 길을 잃어버렸고 구판장에 머물게 된 것'이라고 단언했다. 비둘기 한 마리로 끊임없는 떠들어대는 우리가 신기했던지 할머니는 야채전을 조금 나눠주셨다. 우리는 뽀송뽀송한 날씨 같은 표정을 하고 소주 두 병을 꺼내 야채전과 함께 자리를 잡고 앉았다.

"영감 어디 갔어?"

미스터 한의 말에 둘러보니 남준씨가 없다. 조금 전 마당에서 함께 이야

담배

기를 나누었는데 그 사이 어딜 간 것일까.

"밤 공연 준비하느라 취침 중이야."

원규 형의 말에 안심한 우리는 소주 한 잔씩 털어넣고 동그란 야채전에 젓가락을 가져갔다. 한 점씩 더 먹으라고 서로에게 권하면서 정작 자신들은 야채전 한 조각을 반씩 나눠 두 번에 아껴먹었다. 섬마을 구판장에서 얻어먹는 야채전은 고소한 기름맛과 달큰한 야채맛이 함께 씹히는 것이 소주만큼이나 맛있었다. 야간 공연 준비로 충전 중인 남준씨가 오면 그도 맛을 봐야 하니까, 그마저도 남겨두었다. 할머니의 야채전은 마을회관을 짓느라 일하고 있는 인부들의 저녁 반찬이었다. 마을에 식당이 없는 당금 마을은 구판장에서 식사를 종종 해준다. 원규 형의 이야기는 자연스레 오지 마을로 찾아드는 인부들과 그 마을 처녀들의 이야기로 흘렀다.

그곳의 로맨스가 호러가 된 까닭은

원규 형의 고향은 경북 문경의 한 탄광 마을이다. 외지인과 만나는 것이 희귀한 사건인 오지 마을에 어쩌다 공사가 시작되면 인부들이 찾아들었다. 건장한 그들이 마을에 머물다보면 마을 처녀들과 로맨스가 생기기 마련이었다. 밤에 몰래 나와 만나는 남자는 여자가 꿈에서도 가보지 못한 다른 도시의 이야기를 들려주었다. 바깥세상의 이야기를 알고 있다는 것 자체만으로도 동네 처녀들에게는 반할 만한 충분한 매력이 되었다. 게다가 그들의 근육에는 '기술'이 녹아 있었다.

"석유 시추하듯이 땅에 구멍을 뚫고 몇 미터 깊이에 석탄이 있는지 알아내는 인부들이 돈이 가장 많어. 기술이 있으니까 멋있어 보여. 동네 농사짓는 것보다 나아보이니까 덜컥 따라가버려. 여자는 고생길이 확 열리는 거지. 알고 보면 뜨내기거든."

인부들은 마을에 6개월씩 머물렀다. 돈을 잘 번다고 동네 처녀들과 중매를 서주기도 했다. 어찌됐든 기름칠은 묻더라도 '농사꾼'과는 비교가 안 되는 '기술자'였던 것이다. 일당이 많아도 그렇게 버는 돈은 헤프게 쓰이게 되어 있었다. 부부로 맺어져서 먹고 살기는 더 어려웠다. 기술 하나 갖고 여기저기 떠돌아다니니 집도 없고 몸이라도 다치면 한 순간에 모두 끝이었다. 땅 붙이는 일을 하는 것도 아니니 땅 한 평 없는 사람들이었다.

"섬에도 그래. 처녀들은 괜찮은데 유부녀들도 연애를 해가지고 따라가. 그런 연애가 절대 끝이 안 좋지. 그런 남자들은 섬에 일하러 와서 심심해서 하는 연애인데. 그렇게 따라갔던 여자들은 거의 영영 못 돌아오지."

어린 여고생들을 건드려놓고 떠나버리는 질 나쁜 놈들도 있었다. 둘이 같이 야반도주를 하기로 약속하고 바람 같이 남자 혼자 사라져버리면 찾을 길이 없었다. 휴대폰이 있던 시절도 아니고 연락처도 주소도 모르니 그럴 수밖에. 남자가 떠나고 나서 임신한 것을 알게 된 여고생은 삼베로 조르고 조르다 감당이 안 되는 때가 오면…… 자살을 하고 말았다.

"동네마다 처녀가 자살한 나무가 꼭 있어. 죽으려고 하면 그 나무가 보이는 거야. 이모가 목 매 죽었던 나무로 가는 거야. 처녀귀신이 나오는 데는 꼭 애 울음소리가 나. 전부 애 밴 처녀들이라서."

원규 형 말에 왠지 오싹해졌다.

"귀신 정도 됐으면 훨훨 날아서 찾아 댕길 일이지 왜 죽은 데서 울고 있어." (미스터 한)

"꼭 애가 울고 오빠라고 불러. 악양에도 들어갈 때 말고 나올 때 길이 직선화되어 있는데 거기서 교통 사고가 그렇게 많이 나. 착시 현상이 있는 지점이고 거기도 귀신이 많이 나와. 애기 울음소리가 나고 오빠 불러. 그러면 차 고랑에 처박고." (원규 형)

"오빠! 부르면 대답을 해야지. 왜 임마!" (미스터 한)

"전부 죄지은 놈들인가 봐." (원규 형)

미스터 한이 구판장 입구쪽을 바라보며 소리친다.

"어! 저기 총각귀신이다."

남준씨가 총각귀신처럼 부스스한 얼굴을 내밀었다. 테이블 가장 끝자리, 그나마 볕이 들고 시선이 집중되는 자리에 앉았다. 사진작가의 셔터 누르는 소리가 울렸다. 무심한 척하지만 남준씨는 카메라를 의식하며 포즈를 잘 잡는다. 남준씨 집에서 찻잔에 차를 따르면서도, 황량한 항구에서도, 롤러코스터의 스릴을 능가하는 사선 안에서도 가장 많이 카메라를 의식하는 사람은 남준씨였다(미스터 한은 사진 찍히는 것을 싫어하는 눈치였고, 원규 형이야말로 정말 관심이 없었다). 사진작가는 남준씨의 그런 태도에 흡족해하며 포토제닉하다고 칭찬을 해주었다. 남준씨는 야채전 하나를 천천히 집어 입으로 가져갔다. 섬마을 야채전을 홍보하는 CF 모델처럼.

"남준이 형은 평화순례 다니다가도 포토 자리를 딱 알아. 수경 스님은 뭘 좀 찍으려면 콧구멍 쑤시고 해서 안 되는데."

원규 형도 남준씨의 타고난 포토제닉 본능을 들추었다.

"혼자 안 보이는 데서 얼마나 연습을 하겠어. 난 사진빨이 안 좋아서 병원 가서 엑스레이를 찍어도 잘 안 나와."

미스터 한은 남준씨의 모델 본능은 선천적이라기보다는 주경야독으로 갈고 닦은 후천적 기술이라는 주장에 힘을 실었다. 그러든 말든 남준씨는 야채전을 오물거리며 구판장 최고의 포토 존에서 CF를 찍었다. 그들의 이야기는 순식간에 깊숙이 파고들지만 그 진지함에 오래 머물지 않고 경쾌한 웃음과 함께 튕겨져 나온다. 그러나 신기하게도 뭔가 여운이 남는, 한 편의 시를 읽듯, 한 편의 소설을 읽듯, 나는 그들을 읽고 있다. 매물도, 당금 마을, 구판장에서. 다시 비가 내리고 있었다.

당금 마을
구판장 로맨스

"담배 피면 안 돼요!"

구판장 주인 할아버지는 등장부터 압도적이었다. 우리 중 가장 남성다움을 뽐내는 미스터 한의 카리스마가 '깨갱'할 만큼 터프한 보이스와 몸짓! 검게 그을린 피부, 깊은 얼굴 주름, 투박한 손등…… 남준씨는 할아버지의 포스에 입에 물려 있던 담배를 후두둑 떨어트렸다.

"이 동네 담배 피는 사람은 둘 밖에 없고 술 마시는 사람은 아예 없어. 옛날에는 술 담배 많이 했는데 이젠 안 해."

할아버지의 고함 소리에 머쓱한 할머니가 우리를 달래듯 말했다. 당연히 이 마을에서 유일하게 물건을 살 수 있는 구판장에도 담배는 팔지 않았다.

"요즘은 담배 피면 죄인이여. 국가에서 담배를 팔면서 이러는 게 너무 웃기지 않아?"

미스터 한이 심드렁하게 한마디 하자,

"담배로 잃은 건강, 홍삼으로 대처하자! 전매청 슬로건이야."

원규 형이 한마디 하고 오랜만에 남준씨가 끼어들었다.

"담배는 2천 여 가지를 첨가해서 중독성을 갖게 만들어놔. 한 번 배우면 못 끊고 피지 않으면 안 되게. 대마초는 중독이 없으니까 못 피게 해. 자본주의 세계의 사악함이지."

"모든 식물은 특성이 있잖아. 독초도 그 독이 약으로 쓰이기도 하고. 왜 담배초가 혼자 모든 죄를 뒤집어 쓴 풀이어야 돼? 애는 애대로 하나의 풀인데. 그렇게 만들어놓은 거지." (미스터 한)

"따로 나라를 하나 만들든지 해야지." (원규 형)

"섬을 하나 사라니까." (남준씨)

"내 돈으로 살 수 있는 섬은 들물에 사라지는 섬 정도밖에 없어. 하하." (미스터 한)

"별을 찾아 옮겨가는 것도 좋아." (원규 형)

이런 이야기들을 듣고 있던 주인 할아버지는 마침내 기가 막힌 듯 웃음을 터트리셨다. 예의에 어긋나지 않게, 그러면서도 장난스럽게, 그 경계를 넘어들며 이야기를 하는 그들을 어찌 미워할 수 있겠는가. 이때를 놓칠 새라 원규 형은 구판장 할머니에게 할아버지를 어떻게 만나게 됐냐고 물었다.

"그때는 잘생겼지. 입술도 섹시하고."

할머니의 러브스토리가 시작되었다.

할머니는 열여덟 살 때 펜팔을 통해 할아버지와 만났다. 섬 처녀지만 속살만큼은 하얀 복숭아처럼 맑고 솜털이 촘촘할 때였다. 할아버지는 인근 한산도에 살고 있는 건장한 청년이었다. 펜팔로 서로에 대한 마음을 전하던 어느 날, 청년은 용기 내어 섬 처녀를 만나러 매물도로 오겠다는 편지를 보냈다. 처녀는 터질듯 두근거리는 가슴을 진정시키느라 아무 일도 손에 잡히지 않았다. 드디어 청년이 오는 날, 처녀는 일찍부터 선착장으로 마중을 나와 있었다. 마침내 배가 마을에 닿았고 처녀는 청년을 한눈에 알아차렸다. 청년이 내리는 모습을 보고 처녀는 그 자리에서 스르르 무너졌다. 그대로 기절을 하고 말았던 것이다. 그 후 한 달 동안 처녀의 놀란 가슴은 진정이 되지 않아서 운신을 못했다고 한다. 청년은 처녀를 번쩍 들어 안고 육지에 있는 병원으로 데려갔다. 집에 돌아가지도 않고 처녀 옆에 딱 붙어서 병간호를 한 덕에 처녀의 병이 나았다고 한다. 처녀는 첫 만남에 기절시킨 그 청년과 스무 살 되던 해에 결혼식을 올렸다.

"글쎄. 아직도 왜 그랬는가 모르겄어."

할머니의 말이 끝나기가 무섭게 여기저기서 추측의 말들이 쏟아졌다.

"보자마자 첫눈에 반하면서 상사병에 걸린 거 아니야?" (원규 형)

"그런 병은 없어. 딴 지병이 있었는데 마침 그때 발병한 거야." (미스터 한)

남준씨는 할아버지 입술에서 섹시미라도 찾으려는 듯 빙그레 바라보았다. 미스터 한을 제외한 우리는 믿어주기로 했다. 아니 믿어주는 척하기로 했다.

"딴 병일겨. 에스키모 신화에서나 있을 일이여."

미스터 한의 끊임없는 의심에 맞춰 빈 소주병이 줄을 서기 시작했다.

발아래부터
별이 피어오르는
몽골의 밤

민박집에서 저녁을 먹고 둘러앉아 술 한 잔과 함께
우리의 이야기는 몽골로 흘렀다.
한국 문학과 몽골 문학의 교류라는 의미로
미스터 한, 남준씨, 원규 형을 포함한
한국 작가 10명이 몽골에 초청된 적이 있었다고 한다.
몽골 사람들은 반가움의 표현으로 찾아온 손님에게
가족들이 돌아가며 술을 석 잔씩 따라주었다.

할아버지 석 잔, 할머니 석 잔, 아빠 석 잔, 엄마 석 잔, 남준씨는 가족들이 따라주는 술을 겨우 마셨다. 눈을 게슴츠레 뜨고 있자니, 조카와 숙모 등 일가친척들이 구경삼아 놀러왔다. 그리고 또 다시 한 사람 당 석 잔씩 따라주며 인사를 하기 시작했다. 남준씨는 그들이 주는 술을 전부 받아 마시다 얼마 가지 못해 맹렬히 전사했다. 남준씨가 숙취에 골골대며 자고 있을 때, 미스터 한은 말을 타고 드넓은 몽골 초원을 달렸다. 40년 만에 처음으로 보는 초원은 끝이 보이지 않았다. 가슴이 울컥하는 순간, 미스터 한은 말에서 떨어지고 말았다. 말만 한 한국 작가 한 명이 떨어지는 모습에 염소만 한 몽골 사람들은 크게 놀랐고 급기야 헬기를 불러댔다. 몽골에 헬기가 단 세 대뿐이던 시절의 일이었다.

"나 때문에 걔네 공군 병력 50프로가 움직인 거야. 헬기가 한 시간당 2천 달러인가 그랬어."

미스터 한은 그때의 통증보다는 전용기를 타고 이동하는 한류 스타의 기분을 만끽한 양 으스대며 말했다. 어쨌든 헬기가 오긴 왔다. 누워 있는 미스터 한 곁에 노파가 다가오더니 주문 같은 것을 외웠고, 주변 사람들은 돌아가며 미스터 한의 이마에 입을 맞추며 기도했다. 그 의식을 마치고서야 미스터 한은 들것에 실려 헬기로 이동했다. 기도의 여운이 남은 사람들은 눈물이 그렁그렁한 채 이 광경을 바라봤다. 이렇게 헬기에 오르기까지도 꽤나 많은 시간이 걸렸는데, 이상하게도 탑승 후에도 헬기는 꿈쩍을 하지 않았다. 30분이 지나도 털털털 프로펠러 돌아가는 소리만 통증을 위로했다.

"나는 아파 죽겠는데 도대체 왜 출발을 하지 않는 거요?"(어느 나라 말로 항

의했는지는 모르겠지만)

그들은 기념촬영을 하고 있었다. 나라에 세 대뿐인 헬기가 우리 마을에 내려앉은 것이었다. 헬기 앞에서 단체사진 찍고, 2인 1조나 3인 1조의 팀플레이로 찍고, 개인 독사진까지 찍고. 마을 사람들에게 기념사진을 한 장 씩 남겨주고 미스터 한은 울란바토르 종합병원으로 실려 갔었더란다.

몽골에 세 대뿐인 헬기를 띄운 사건의 전말

한국에 와서 아무리 생각해봐도 이해가 되지 않았다. 걷기 시작하면서부터 평생 말을 타는 사람들이 고삐를 놓친다는 게 말이 되지 않았다. 이런 의문을 제기하면 주변사람들은 만장일치로 미스터 한을 추궁했다.

"딸한테 눈길 줬지?"

미심쩍은 부분이 많았지만 그렇게 5년이 지났다. 그러던 어느 날 우연히 사건의 실마리는 풀리게 되었는데…… 미스터 한의 말 주인이며 고삐를 잡아주던 남자와 그의 마누라는 한국 관광객 통역 일을 하기 위해 한국어를 공부하고 시험을 봤다. 마누라는 붙었지만 남자는 떨어졌다. 마누라가 통역 일을 시작했다. 많은 한국 관광객들을 만나던 중 한국 남자하고 바람이 났다. 결국 이혼을 하게 되었단다.

'내 언젠가는 한국 놈을 조져버릴 테다!'

남자는 시퍼런 칼날을 갈았을 것이고, 그 칼로 미스터 한을 조져버리게 된 것이다. 사건 이후로도 마음이 편하지 않았던 남자는 몇 년이 지난 뒤 몽골 작가를 찾아와서 그때 그 한국 작가는 죽었는지 살았는지를 묻더란다. 그때는 이러이러해서 그랬다고 눈물의 고백을 하더란다. 그 고백이 미스터 한의 귀에까지 들어오는 데 5년이 걸린 셈이었다. 낯선 땅에서 어깨 쇄골이 동강 나 헬기까지 동원될 정도로 큰 사고를 겪고 한국에 와서도 한동안 고생을 했다는 미스터 한이 그에게 전한 메시지는 이러했다.

"나도 메시지를 전해야 할 거 아니야. 내가 한국 사람이라서 미안하다고. 한국 더러운 거 몰랐느냐고. 이걸로 용서하고 더 이상은 그만하라고. 그런데 안 미워. 그 사람."

자기의 몽골 이야기가 술 먹고 맹렬히 전사한 걸로만 끝나는 게 몹시 서운했던 남준씨가 서둘러 이야기의 화제를 자신에게 맞췄다.

"초원에 밤이 되었어. 거긴 화장실이 없어. 오줌을 누려고 눈을 딱 떴는데 세상에…… 별들이 내 발 아래에서부터 피어오르기 시작하는 거야. 눈을 비비고 다시 봤어."

"형 오줌에 별이 비친 거야."

미스터 한의 말에 자신의 서사를 망칠 수 없는 남준씨가 말을 계속 이어갔다.

"이쪽도 별이고 저쪽도 별이야. 도대체 어느 쪽에 대고 오줌을 눠야 될지 모르겠는 거야. 차마 별을 향해서 오줌을 갈길 수가 없잖아."

"아, 형이 몽골에서 오줌 지렸다고 한 때가 그때야?"

미스터 한이 서사를 단절했고 남준씨는 외쳤다.

"컴컴한 데가 있어야 할 거 아니야!"

둘째 날

남준씨는 어떤 이야기를 해도 어설펐고, 원규 형은 어떤 이야기를 해도 기괴했고, 미스터 한은 어떤 이야기를 해도 희극적이었다. 이 셋의 이야기에는 공통된 정서가 있었는데 '위트'와 '웃음'이었다.

수컷들의
사냥 본능

"어제 경기 어떻게 됐나? 김연아 말이야."

매물도의 둘째 날 아침은 남준씨의 '연아 사랑'으로 시작됐다.

어제 저녁부터 남준씨는 잊을 만하면

'경기 언제 하나?' 물었다.

분명 이틀 뒤라고 이야기를 했는데도 눈을 뜨자마자 또 묻는다.

미스터 한은 손녀뻘 되는 아이를 짝사랑한다며 통박을 준다.

남준씨는 뭐가 그리 좋은지 빙글빙글 웃으며 말한다.

"사과를 꼭 품는다고 좋은 게 아니야. 멀리서 바라봐도 좋은 거지."

"드디어 노망났네."

이미 머릿속이 연아로 꽉 찬 남준씨에게 미스터 한의 말이 들릴 리 없다. 이후에도 남준씨는 밤마다 술이 적당히 들어가면 "아이고, 연아 안 나오지?"를 연방 물었고, "나는 연아 팬이야. 연기력이 우아해. 여인을 느낀다고" 따위의 이야기를 쏟아놓았다.

아침 9시, 생선을 넣어 끓인 미역국이 상에 올랐다.

"아침상을 받아본 지가 몇 년 만인지 모르겠네." (미스터 한)

"매물도 와서 살찌겠네. 허허." (원규 형)

"난 원래 아침을 안 먹는데. 그래도 먹어지네." (남준씨)

저마다 난생 처음 아침상을 받아든 새신랑 같은 표정이다. 그동안 자신들이 손수 앞산, 뒷산에 올라 무언가를 뜯거나 앞 바다, 뒷 바다에서 낚은 걸 씻고 다듬고 꼼지락거려야 밥 한 끼를 해결할 수 있었던 세 남자는, 아무것도 하지 않았는데 눈앞에 펼쳐진 밥상이 낯설면서도 들뜬 표정이다. 날씨는 여전히 흐리지만 신혼집마냥 깨소금 냄새 나는 둘째 날의 시작이 그런대로 괜찮다.

여기서 나는 모든 물건은 '한 맛' 더 해

그런데 미역 맛이 뭔가 좀 특별하다. 처음 입에 들어가는 느낌은 부드러운데 씹을 때는 탱탱한 탄력이 느껴지고 뒷맛은 고소하기 그지없다. 생선을 넣어 끓여 뽀얗게 우러난 미역국의 육수도 담백하고 시원하다. 고기육수에 비하자면 담백함은 세 배, 개운함은 다섯 배쯤 되는 것 같다.

"섬에서는 미역국에 쇠고기 대신 우럭이나 노래미를 넣어 끓여."

미스터 한의 말에 민박집 할머니의 미역 자랑이 이어진다.

"여기는 파도가 세고 바다가 억세어 양식을 못하는 거라. 그래서 여기서 나는 모든 물건이 '한 맛' 더 하는 거지. 고기나 이런 것들도 살이 더 단단하고 비린내도 적어. 전복도 맛있고 멍게도 맛있고 미역도 맛있고. 여그 미역은 빨아가지고 끓이면 퍼지지가 않아. 끓일수록 더 맛있지. 암튼 여기 물건은 일등이여. 안 먹어본 사람은 몰라."

매물도는 파도가 거칠어 양식이 불가능하다. 생선, 해조류, 해산물 등 바다에서 나는 모든 것들이 주민들이 직접 채취한 것들이다. 억센 바다에 몸을 던져 건져 올린 것들은 맛, 식감, 신선도 등 어느 것 하나 나무랄 데 없이 최고다. 매물도의 해산물을 마음껏 탐닉하다가 육지로 돌아와 바다 음식을 먹게 되면 맛이 없어 고생하는 후유증을 겪을 정도다. 매물도의 것과 하나하나 비교하며 '까탈스런 해산물 비평가'쯤은 된다.

제주도에서 태어나 홍도를 거쳐 당금 마을로 왔다는 할머니는 오직 물질로 6남매를 혼자 키우셨다. 일흔이 넘었지만 아직도 물질을 버리지 못하고 있다. 과거, 미역은 섬마을 아낙들에게 현금을 쥐어주는 유일한 효자 상품이었다. 운송수단과 보관법이 발달하기 전, 섬이라는 곳은 어장이 아무리 풍부해도 잡은 것을 밖에 내다 팔 방법이 없었다. 하지만 미역은 건조해 두면 장이 설 때까지 보관했다가 나가서 팔 수 있었다. 돈 나올 구멍은 오직 미역뿐. 미역 팔아 손바닥만 한 살림도 살고 콩나물 같은 자식들도 쑥쑥 키웠다. 돛단배 타고 밤새 노를 저어서 통영 나가던 시절의 이야기다. 매물도 주민 누구에게 묻더라도 미역에 대한 기억은 한 문장으로 귀결됐다.

'미역 한 줄이 목숨 한 줄이었어.'

당금 마을에는 할머니를 포함해 네 명의 해녀가 아직도 물질과 더불어 미역을 채취한다. 미역 철이 되면 네 명의 해녀들은 제비뽑기를 해서 자신만의 '미역 바다'를 나누어 갖는다. 미역 바다는 바다 속 특이한 지형이나 주민들이 알고 있는 지명 등을 중심으로 나눈다. 미역이 많이 나는 바다를 뽑은 해녀에게는 구역을 조금만 주고, 미역이 적게 나는 바다를 뽑은 해녀에게는 넓은 구역을 주어 수확량이 많이 차이 나지 않도록 한다. 해녀들은 '내 미역 바다'에서 수익을 얻는 대신 매년 바다 사용료를 내고, 어촌계는 연말에 그 돈을 동네 사람들에게 똑같이 나누어준다. 이렇게 매물도 사람들은 선조들이 바다에 온몸을 던져 얻어낸 삶의 지혜에 순응한다. 여기에는 옳고 그름이 끼어들 틈이 없다.

"미역이 잘 마를려면 햇볕과 바람이 맞아야 돼. 바람도 많이 불면 안 되고, 북서풍 내지는 북동풍이 불어야 해. 남서풍이나 이런 바람이 불면 습도가 많거든. 내가 미역한 지 50년인데 올해는 대흉작이야, 흉작……."

평년대로라면 4월쯤 동네 곳곳마다 말리고자 널어놓은 미역들이 마을을 수놓고 있어야 한다. 하지만 올해는 그렇지 않았다. 지난해 겨울, 날씨가 유독 추워서 미역 포자가 돌에 잘 붙지 않았고, 그 때문인지 미역이 잘 자라지 않은 것이다. 주민들의 한 해 수입의 상당 부분을 차지하는 효자상품인 미역이 대흉작이라 이래저래 근심이 깊은 눈치다. 지금 우리가 할머

니를 위로할 수 있는 일은 미역국을 남김없이 맛있게 먹는 일! 그것만큼은 누구보다 잘할 수 있는 우리이기에 모두들 두 그릇씩 맛있게 비워냈다.

사냥 나가기 전
수컷들의 선거 유세

따끈한 아침상을 받아서일까. 남자들의 분위기가 심상치 않다. 마치 사냥 나가기 전 수컷처럼 오늘 하루는 섬에서 나는 모든 것들을 손수 수렵 채취해 끼니를 해결하겠단다. 저마다 자신 있게 포획할 수 있는 먹잇감에 대해 선거 유세를 하듯 말했다. 원규 형이 얼마 전 보름 동안 오토바이 야영을 다녀온 이야기로 유세의 시작을 알렸다. 기호 1번 등장이요!

4월 말, 원규 형은 악양에서부터 동해까지 철저히 국도로만 오토바이 일주를 했다. 먹고 자는 것을 모두 길에서 해결한 참다운 야영정신을 실천했다. 원규 형의 야영 철칙은 '짐을 최대한 간소화' 하는 것! 오로지 등산에 필요한 장비만 간단히 챙기고 떠났다. 그러나 꼭 챙기는 것이 있었다.

"주먹밥이랑 된장, 고추장만 있으면 돼."

주먹밥 한 덩이를 꺼내어 산에서 캐낸 산나물을 넣어 비벼먹거나, 된장이랑 쌈 싸먹으면 대부분의 식사가 해결된다. 아무리 야영이라지만 잠자리만큼은 예민하게 고른다. 마을마다 당산나무 옆에 운치 있는 정자가 하나씩 있기 마련. 낮 동안 정자는 마을 할머니들의 사랑방이 되지만, 저녁 일일드라마가 시작하는 시간에 맞춰 흩어진 할머니들은 아침 10시가 되어서야 다시 모이곤 한다. 원규 형은 그 틈새시간을 파고들어 할머니들의 사랑방에 텐트를 친다. 비가 와도 상관없고 땅으로부터 찬 기운도 덜 스미고, 하룻밤 잠자리에 딱 좋은 곳이다. 아침이 되어 자고 일어나 어슬렁거릴라치면 할머니들이 기웃기웃하며 이상한 시선을 보낸다. 이에 절대 굴하지 않는 원규 형!

"쪼끔 불쌍한 연출을 하면 할머니들이 김치 같은 걸 갖다 주고 가."

우리의 원규 형이 고작 할머니들로부터 김치 얻어먹은 이야기로 유세를 끝낼 리 없다. 지리산 오토바이 드라이브 코스를 덤으로 소개했다.

"화엄사를 지나 천은사, 성삼재를 넘어 달궁, 뱀사골, 실상사로 달리는 지리산 길 왕복 1백 리는 어느 계절에 달려도 모두 환상적이야. 특히 가을에 화엄사에서 천은사까지 가는 코스모스 길은 정말 끝내주지. 키 큰 코스모스들이 일제히 기립박수를 보내. 보름달이 뜨는 밤에는 노고단까지 오토바이를 타고 오르면 기분이 얼마나 상쾌한지 몰라."

원규 형에게 오토바이를 탄다는 건, 많은 생각을 하는 것과 연결되어 있다. 승용차를 타는 사람들은 대화를 하거나 라디오를 듣거나 음악을 들을 수 있지만, 오토바이는 철저히 혼자일 수밖에 없다. 가끔 원규 형은 헬멧을 쓰지 않고 섬진강변을 달리는 데 그때의 매력은 눈물 외에는 설명할 수가 없단다. 시속 70킬로미터를 넘어가면 자연스럽게 눈물이 흐르고 90킬로미터까지 속도를 올려 5분 정도 달리고 나면 흐르던 눈물이 마르고 눈알이 개운해진다. 그러면 마음도 덩달아 개운해지고 머릿속도 말끔히 닦인다.

"저 사람은 몽골 원주민들을 모아놓고도 오토바이 얘기한 사람이야. 말도 안 통하는데." (미스터 한)

오토바이를 타고 지구 열 바퀴 이상의 거리를 떠돈 원규 형은 오늘 산책에서도 아름다운 길과 야영하기 좋은 장소를 찾아보겠단다.

"점심에 비빔밥을 좀 만들까?"

기호 2번 남준씨의 유세는 수줍게 시작되었다. 산에서 사는 것들과는 뭐든지 일촌 관계를 맺고 있는 남준씨. 만약 그에게 미니홈피나 페이스북이 있다면 취나물, 딱새, 두릅, 휘파람새가 일촌이 되어 딱새에게서 받은 도토리로 배경음악을 선물해주고, '좋아요'를 연신 눌러 댈 것 같다. 어떤 이들은 산골 외딴집에 혼자 사는 남준씨가 부럽다고 한다. 그건 남준씨가 집 주변을 알짱거리며 돌아다니는 뭇짐승의 눈치를 얼마나 보고 사는지 모르는 사람들의 이야기다. 모악산 시절에는 밖에서 부엉이가 생쥐를 잡아먹는 소

리가 들려 방 안에서 오줌을 참은 적도 있다고 한다. 문 열고 나가면 부엉이가 식사 중에 놀랄까 싶어서 말이다. 지리산에서는 처마 기둥에 붙어 있던 스피커 위에 딱새가 둥지를 틀고 새끼를 키우는 걸 보고 안내방송이 들리지 않게 선을 끊어 놓았다. 새끼들이 다 커서 날 수 있을 때까지 20여 일 넘게 그쪽 문을 잠가 놓고 다른 쪽 문으로 다니는 불편함을 감수해야 했다. 어디 이뿐인가. 겨우내 신고 다니던 털신을 장작에 올려두었는데 딱새가 둥지를 트는 걸 보고 한동안 나무를 가지러 갈 수가 없어 찬방에서 잠을 청하고, 개울 건너 청딱따구리가 오동나무에 둥지를 틀어 쌀을 씻거나 세수를 하거나 빨래를 하는 것도 눈치를 보았다. 남준씨의 말이다.

"혼자 사나 홀로 살지는 않는다."

당금 마을과 대항 마을이 이어지는 언덕길에서 나물과 약초들을 채취하여 '섬마을 비빔밥'을 만들기로 했다.

기호 3번 미스터 한은 생후 8개월부터 섬에서 살아 말보다 바다를 먼저 배웠다며 기염을 토했다. 그는 거문도에서 '생계형 낚시'를 하며 살고 있다. '생계형 낚시'란 먹고 살기 위해 낚는다는 말로 재미로 하는 레저형 낚시의 반대말이란다. 팔지 않는 대신 종종 다른 사람들에게 나눠준다. 동네 할머니에게 주면 마늘과 파, 고추가 돌아오고, 육지에 있는 친구들에게 보내주면 육고기를 보내오니 물물교환이다. 그리하여 '옛날형 낚시'라고 불리기도 한다. 예전에는 고기잡이 다녀온 사람은 으레 이웃에게 나눠주곤 했다. "반찬이나 하소" 툭 던져주기도 하고, 미안해서 받지 않으려는 사람에게는 슬그머니 놓고 휭, 사라지던 모습도 흔했다. 가난과 풍요를 분별없이 공유하는 것, 그게 공동체라고 했다.

"공동체의 심성은 옆집이 마음에 걸려 차마 고기를 굽지 못하는 것에서 나오는 거야. 촌스럽고 고리타분한 게 아니야. 상대를 배려하는 건 인성을 유지하는 가장 좋은 방법이지."

지금도 미스터 한이 살고 있는 거문도에는 공동체를 유지하기 위한 마지노선이 유지되고 있다. 혼자 사는 이들에게 생선과 쌀을 가져다주는 모습을 자주 볼 수 있고, 낚시하다보면 마을 해녀가 소라 몇 개 발치에 두고 가기도 한다. 이런 미스터 한이 매물도에서 생계형 낚시를 책임지기로 한

건 지극히 당연해 보인다. 바다낚시로 고기를 잡아 저녁상을 차리고 갯것을 채취해 술안주를 마련하기로 했다.

어느 것 하나 똑 부러지는 전문성은 없지만 전국의 농촌 마을을 떠돌며 나름 '야생'에 관해서는 잔뼈가 굵은 나. 1초의 테크놀로지보다는 길고 깊은 노동으로 힘을 보태리라 다짐하고 양팔을 걷어붙였다. 육지 놀이와 바다 놀이를 동시에 즐길 수 있는, 산과 들과 바다에 먹을 것이 풍부해 원시 수렵 채취가 가능한, 여전히 무거운 구름에 덮여 있지만 봄 냄새가 솔솔 풍기는, 이곳은 매물도 당금 마을이다.

산놀이,
죽지 않으려면
염소를 따라가라고

"연장만 전문가 수준이네."
앞마당에 호미, 칼, 장갑 등이 놓여 있다.
나물을 캐기 위해서는 반드시 필요하다고
남준씨가 요구한 준비물이다.
그것들을 보며 미스터 한은
'어디 호미질 한 번 제대로 하고 오나' 두고 보잔다.
할머니의 시간의 손때가 묻은 '연장'을 들고 길을 떠났다.
언덕을 향해 가는 마을 길에
미술작가의 설치 작품이 우리를 반겨주었다.
물동이를 이고 가는 여인의 모습을 담은 조형물이다.
"섬 처녀들은 저러다 첫 키스 기습을 당해."

예나 지금이나 섬에서는 물이 엄청 귀했다. 동네 처녀들은 물동이를 이고 우물에 가서 물을 퍼다 나르는 게 큰일이었다. 그럴 때면 동네 남정네들은 처녀의 치마를 들치는 등 장난을 걸었다. 객기 다분한 총각은 맘에 드는 처녀의 입술을 뺏기도 했다는데, 처녀에게는 입술을 뺏기는 일보다는 물동이를 놓쳐서 물을 쏟는 게 더 큰 사고였기 때문에 그저 당하고 있을 수밖에 없었단다. 어디까지나 미스터 한의 이야기에 따르자면 말이다.

"몇 개나 뺐었어? 응?"

원규 형이 묻자 미스터 한은 결코 자기 얘기가 아니라며 도리질쳤다.

길가에 하얀 딸기 꽃이 많이 핀 5월 말의 섬, 모두가 설렁설렁 언덕길을 걷는 가운데 유독 심각한 1인이 있었으니, 바로 남준씨다.

세 남자의 염소 사용법

남준씨는 돋보기만 쥐어준다면 '식물 탐정' 같은 포즈로 길가에 웃자란 초록의 식물들에 집중했다. 누구냐, 넌? 너는 먹을 수 있냐? 독은 없냐? 식물들하고만 통하는 복화술로 그들을 취조하던 시인이 드디어 주섬주섬 무언가를 따기 시작했다.

"못 먹는 사람은 못 먹는데."

남준씨의 첫 번째 포획물은 '초피'였다.

"이거하고 똑같이 생겼는데 가지가 어긋난 건 산초, 이렇게 가지가 마주나 있는 것은 초피. 제피라고도 해. 이걸 무쳐서 먹으면 향이 참 좋아. 돼지 고기 싸먹어도 맛있어. 장아찌로도 해서 먹고."

남준씨는 초피처럼 향이 강한 나물을 싫어하는 사람이 있으니 '냄새나는 나물'과 '그렇지 않은 나물'을 구분하여 각각 봉지에 담자고 제안했다. 준비해온 두 개의 봉지 중 냄새나는 나물용 봉지는 미스터 한의 손에 쥐어 주고 그렇지 않은 나물 봉지는 원규 형 손에 쥐어주었다. 그리고는 앞서 걸었다.

"이거 천남생 같은데."

다음으로 남준씨가 발견한 것은 천남생.

"이건 나물로 안 먹는 거지?" (원규 형)

"독초야 독초. 근데 약초지." (남준씨)

"약초란 게 묘해. 한 놈은 먹고 죽고 한 놈은 먹고 약이 돼. 누구한테 맞을지 몰라." (원규 형)

"무릎이나 허리 아픈데 달여 먹으면 좋대." (남준씨)

"무릎 아픈데? 수경 스님한테 택배로 보내주면 좋겠네." (원규 형)

좁다란 염소 길을 지나는 데 원규 형이 걸음을 멈췄다. 길옆으로 작은 잔디 둔덕을 발견하고는 혼자 와서 텐트 치고 야영하기 좋은 곳이라고 귀띔한다.

"망개야."

남준씨의 손에 잡힌 하트 모양처럼 생긴 망개잎은 입이 두툼하고 반짝 빛이 났다.

"우리 동네에서는 그걸 천망개라고 그러거든." (원규 형)

"청미래덩굴, 명감나무라고도 해." (남준씨)

"이게 맹감 맹감 할 때 그거야?" (미스터 한)

남준씨는 고개를 끄덕이며 시조를 읊듯 우매한 백성들에게 한 수 가르쳤다.

"망개잎은 부패하지 않게 하는 방부제 역할을 하는 성분이 있어. 이파리에 떡을 싸서 먹기도 해. 의령에 가면 망개떡이 유명하지."

원규 형은 망개 열매에 얽힌 나쁜 짓을 고백했다. 망개잎이 떨어지면 화사하고 새빨간 열매가 맺힌다. 그걸 꿩들이 좋아한단다. 어린 원규 형과 또래 일당들은 망개 열매를 따다가 주사기로 '싸이나(독극물 화학약품)'를 넣었다. 그걸 눈 쌓인 겨울 들판에 흩뿌렸다. 날씨도 춥고 먹을 것도 없어 굶주린 꿩들은 멀리서도 화사한 빨강을 알아보고 들판에 내려앉았다. 숨죽여 지켜보는 어린 그들의 눈빛은 열매보다 더 빨갛게 타올랐다. 그들의 바람대로 꿩들은 금단의 열매를 먹어치웠다. 순간, 여러 마리의 꿩들이 동시에 하늘로 솟구쳐 올랐다가 철퍼덕 땅으로 떨어졌다. 숨어 있던 악동들은 하늘로 치솟던 꿩의 속도만큼 빠르게 튕겨져 나와서 꿩의 생사를 확인했다. 꿩의 죽음을 애도하며 죽은 꿩을 맛나게 먹었다는 이야기.

"독극물 먹여가지고 죽여서 그걸 사람이 먹어. 내장만 빼서 먹으면 된대. 그 독이 안 퍼지나?" (원규 형)

"안 죽었음 됐어." (미스터 한)

그 사이 남준씨는 풀 하나를 더 뜯어서 미스터 한이 쥐고 있는 냄새나는 봉지에 넣는다. 남준씨의 식물과 꽃 이름 대기는 계속되었다. 식물학자처럼 조심조심 꼼꼼히 언덕을 훑곤 우리에게 꼭꼭 알려주었다.

"사람들이 거문도에 오면 맨날 이런 걸 물어봐. 이건 무슨 꽃이에요? 이건 무슨 나무예요? 근데 난 남준 형이 와서 알려주고 가도 얼마 지나면 또 까먹어." (미스터 한)

"1년에 몇 번씩 마주쳐야 그나마 외워질 텐데 몇 년에 한 번씩 마주치니깐. 하물며 사람도 술을 한 사흘은 마셔봐야 기억하는데. 얘들하고는 술을 마실 수가 없잖아." (원규 형)

"말 된다. 남준 형은 애들하고 얘기하잖아." (미스터 한)

"이건 인동넝쿨이야. 약초야. 항암 치료에 굉장히 좋아." (남준씨)

"항암이라고 하는 거야. 항암을 치료해버리면 도로 아미타불이잖아." (미스터 한)

남준씨는 어떻게 저렇게 많은 식물들과 친구가 된 걸까. 미스터 한이 대신 해답을 알려주었다.

"없이 살아서 주워 먹고 댕기다 다 알게 된 거야."

원규 형이 맞장구를 치며 이어받았다. 배가 고파 온갖 초록잎과 나무 열매들을 따먹고 다니던 어린 시절, 먹으면 죽는 독초 구분법은 간단했단다.

"염소를 한 마리 데리고 다니면서 먼저 먹여. 염소가 먹으면 사람도 먹을 수 있는 거야. 염소가 죽으면 먹으면 안 되고."

미스터 한은 섬에서의 염소 사용법도 일러주었다.

"원래 낯선 섬에 갈 때는 염소를 앞질러 보내고 걔들이 다니는 길로 가면서 걔들이 먹는 걸 눈여겨 봐놨다가 뺏어먹는 거야."

"이 계절에는 어디 가야지 뭘 따먹고, 어디 가야 강이 있고, 어느 계곡에는 뭐가 있고. 그게 다 입력되어 있는 거야. 마을 전체를 알고 있지. 수렵채

취의 원시적인 삶이 자동으로 습득이 되는 거야." (원규 형)

"살라고." (미스터 한)

우하하 웃고 나면 불쑥 슬픔으로 전조되는 그들의 생존기. 여전히 진지한 남준씨의 식물 이야기는 계속되었다.

"이건 개불주머닌데, 촌에서는 멜라초라고도 해. 들개불주머니, 산개불주머니가 있는데 이건 산개불주머니야. 어릴 때 꽃이 피지 않았을 때 살짝 데쳐 먹으면 쌉싸름하고 그런 맛과 향이 좋아."

사실 그의 식물 강연이 지루해질 때도 됐다. 남준씨는 우리가 식물에 대한 자신의 관심에 바닥이 보였음을 내비치자 새로운 이야깃거리를 찾아 허공을 바라보며 물었다.

"이 새는 무슨 새인줄 아세요?"

이제는 아예 드러내놓고 선생님 말투다. 그제야 우리의 귀에는 뽀로롱 뽀로롱 소리가 들려왔다. 허공으로 이어지지 않은 우리의 관심은 묵비권을 행사했다. 선생님 놀이에 푹 젖은 남준씨가 혼자 묻고 혼자 답했다.

"휘파람새야. 새들도 철마다, 기분에 따라 목소리가 달라진다고."

남준씨는 휘파람새에게 텔레파시라도 보내려는 듯 눈을 감았다.

"섬에서 나무를 보면 바람이 보여. 바람의 행로가."

미스터 한은 새가 아닌 나무를 보며 바람의 행로를 읽었다.

"사람들은 꽃을 꽂고 웃으면 미쳤다고 해. 그럼 화내야 정상일까?"

원규 형은 새도 나무도 아닌 꽃을 한 송이 꺾으며 물었다. 나는 새도 나무도 꽃도 아닌 바다를 보며 망연해진다. 각자의 산책이 냄새나는 봉지와 그렇지 않은 봉지에 담겼다.

훈련되지 않는
가장 감성적인 이별

나물과 약초를 쫓다보니 어느덧 언덕이다. 올라온 길과 반대편으로 이어지는 길을 따라 내려가면 대항 마을이다. 언덕 위에서 내려다보니 두 개의 언덕이 이어지는 잘록한 부분에 옹기종기 모여 있는 집들이 한눈에 내려다보였다. 모두 주황색 지붕을 덮어쓴 파랑색 물통을 하나씩 이고 있다.

"각자 원하는 색을 칠하게 해야지. 우리나라 공무원들은 꽃도 똑같은 걸 심으라고 해. 그런 짓은 하지 말아야지. 북한 미녀들이 장군님표 색조 화장품 쓰는 것과 뭐가 달라? 개성이 없어."

미스터 한은 언덕에서 가만히 내려다보면 각 집의 사정을 한눈에 알 수 있단다. 그 집의 지붕만 봐도 어떤 집이 부지런한지, 어떤 집이 조금 더 살만한지 알 수 있다는 것이다. 섬은 원래 페인트칠을 하는 게 매우 중요한 일이다. 바람에 실려 온 소금기가 지붕에 쌓이고 쌓이면 지붕이 부식되는 데 그것을 방지하기 위해서라도 페인트칠을 자주 해줘야 한다는 것이다. 물론 배는 말할 것도 없다. 요컨대 섬에서는 배와 지붕이 염분에 부식되는 것을 방지하기 위해 자주 페인트칠을 해줘야 한다. 살림이 여유로운 집은 더 자주 칠하고 가난한 집은 좀 덜 칠하고. 지붕과 담은 페인트칠을 꼼꼼히 해두고 마당은 깨끗하게 쓸어놓는 게 섬에서의 주요한 일인 셈이다.

"겉에서 보면 예쁘지? 정리정돈 된 농가 보기가 쉽지 않듯 정리정돈 안 된 섬 집도 보기 어려워."

말끔한 길고양이들을 보며 원규 형이 거든다.

"섬에 사는 길고양이도 시골의 집에서 키우는 애완견보다 더 깨끗하네."

그러고보니 가게와 골목과 집, 그리고 산이 한꺼번에 모여 있는 곳은 섬밖에 없다.

"우리 섬에 선장이 있었는데 그 사람이 그래. 이별만큼 훈련이 안 되는 게 없다고. 육지의 이별은 간단해. 차타고 가버리면 금방이거든. 근데 섬에서의 이별은 그렇지 않아. 배 타고 그 사람이 지평선 멀리 사라질 때까지 정말 오래 걸리거든. 천천히 멀어지는, 세상에서 가장 감성적인 이별이야. 그게 진짜 바다의 정서지."

시계가 좋지 않지만 바다와 지평선이 한눈에 들어왔다. 가장 감성적인 이별을 훈련하는 사람들처럼 우리는 모두 말이 없다.

매물도
달래 멸종설

"봄에 딸기 따러 와야겠다."

가는 길마다 흐드러지게 핀 딸기꽃을 보며 원규 형이 말하자,

"섬에 딸기가 많이 열렸을 때는 100미터 가는 데 40분이나 걸려."

미스터 한은 그거 따다가 배 놓치는 관광객들이 많으니 조심하란다. 섬딸기는 어떤 맛일까? 우리가 딸기 이야기로 군침을 삼키는 동안에도 남준씨는 사냥 나온 수컷의 자세를 잊지 않고 두리번거렸다.

"달래가 없지? 달래가 없어!"

그랬다. 대항 마을로 넘어가는 고갯길 정상까지 올라갔다 되돌아오는 사이, 달래는 한 뿌리도 발견하지 못했다. 남춘씨는 비빔밥 레시피 재료에 없어서는 안 될 것이 달래라며 새처럼 종종거렸다. 봄, 파릇파릇한 언덕에 지천에 널려 있어야 할 달래가 없다니…….

"달래만 캐는 할머니 선수가 계신가? 멀리서 할매가 우리를 지켜볼지도 몰라. 어디 찾나봐라." (원규 형)

"그래도 절대 다 안 캐. 남아도는 게 달랜데 씨가 말랐네." (미스터 한)

거의 갔던 길을 다 되돌아왔을 때 언덕길이 시작되는 초입에서 마침내 달래 한 뿌리를 발견했다. 바다에 나간 어선이 고래라도 잡은 듯 흥분했다. 두 시간 동안 무안하게 들고만 다니던 호미에게 역할을 주는 순간. 너그러운 교육자인 남준 '선생'이 원규 '학생'에게 달래를 캘 권한을 넘겨주었다. 원규 형이 호미자루를 쥐고 날카로운 호미 날을 땅에 박고 달래를 캐냈다. 굳이 손으로 뽑아도 될 만큼 뿌리가 깊지 않은, 여리여리한 어린 달래 한 뿌리가 원규 형의 손에 쥐어졌다.

"섬 달래는 향이 달라."

남준씨 눈썹만큼 연약한 달래 한 뿌리의 향을 맡아보겠다고 서로 코를 들이댔다.

"우리 반은 전 부쳐 먹고 반은 무쳐 먹자." (미스터 한)

원규 형과 미스터 한은 웃으며 앞서 걸었다. 남준씨는 그 자리에 남아 바닥에 주저앉아 곰지락거렸다.

"덮어줘야 돼. 안 그러면 포자들이 말라버려. 저만한 달래 밑에는 깨알

만 한 포자 알갱이들이 달려 있다고. 덮어줘야 잠을 자고 나서 깨어나지."

식물들의 증명사진을 찍어주느라, 꽃과 새와 인사를 나누느라, 달래 포자가 마르지 않게 흙을 덮어주느라, 남준씨는 늘 우리보다 열 발자국 정도 늦는다. 그나마 열 발자국 정도로 거리가 유지되는 이유는 남준씨가 민첩해서가 아니라 그가 '매물도 미아'가 되지 않도록 배려하며 기다리고 또 기다리는 우리의 인내 때문이었다.

거문도의 백동백나무를 보셨나요?

남준씨의 엉덩이를 바라보며 그의 사진 촬영이 끝나길 기다렸다. 원규 형은 사진 꽤나 찍는다며 야생화를 찍으러 몰려다니는 사람들의 나쁜 행태에 대한 이야기를 시작했다.

"그런 사람들은 30명씩 떼로 다니잖아. 그러다 귀한 걸 찍잖아? 그냥 뽑아버리고 죽여버린대."

심지어 나무도 사진 찍고 잘라버리는 사람도 있단다.

"손모가지를 분질러 버려야 돼. 그런 것들은." (미스터 한)

원규 형은 지리산에서 야영을 하다 희귀 야생화를 발견해도 어디 가서 아무 말도 못한단다. 지리산은 이미 보호수로 지정된 나무 근처에만 가도 출사 나온 버스가 몇 대씩 서 있다는 것이다. 그런 사람들 귀에 들어갔다가는 떼로 달려들어 순식간에 망쳐놓으니, 마음속으로 '임금님 귀는 당나귀

귀'를 외치고 꾹 참는 것이다.

"야생화를 연구하는 교수는 학생들과 답사를 가면 늘 앞서 간대. 모르는 풀이 있으면 막 밟아버려. 뒤에 오는 학생들이 물어볼까봐. 하하." (원규 형)

"당신 주변에는 왜 그런 것들밖에 없어?"

혀를 끌끌 차며 미스터 한은 자기가 알고 있는 '진짜배기'를 꺼냈다.

충남 태안에 농장을 크게 하는 진짜배기가 있단다. 늘 산을 타는 그 사람은 어느 광명 받은 날 희귀목을 발견하면 그때부터 애가 탄다. 발견 시기가 딱 열매나 씨를 받을 수 있을 때면 좋은데 그렇지가 않으면 그때를 기다려야 하기 때문이다. 이틀, 삼일에 한 번씩 그 깊은 산골짜기를 찾아가서 광명의 얼굴을 확인만 하고 다시 집으로 돌아간다. 안부가 궁금해 잠이 도통 오지 않는 날이면 새벽부터 그 먼 곳에 가서 잘 있는지 보고 또 보고, 그렇게 8개월을 얼굴만 보고 돌아온다. 혹시라도 누가 따라와서 일 저지를까 싶어, 첩보영화를 찍듯 철저히 혼자 가는 것은 기본. 마침내 씨가 맺혔을 때 그걸 받아와서는 자기 농장에다 심어 발아시킨다. 전국의 산골짜기 곳곳을 찾아다니는지라 그는 어디에 가면 무슨 나무가 있고 무슨 꽃이 있는지 다 안다. 어디를 가든지 미행하는 이 없나 살피며 혼자 가고 아무에게도 알리지 않는다. 보는 순간 뽑아버리고 아는 순간 사라지니까.

"이 사람이 진짜배기지."

그러면서 거문도의 백동백나무 이야기를 들려주었다. 흰동백꽃은 쉽게 볼 수 없고 신령스럽다고 전해진다. 하루는 동네 할매가 눈짓, 발짓으로 미스터 한을 불렀다.

"저기 가면 백동백나무가 있어. 절대 비밀이여, 비밀!"

할매는 신신당부를 했다. 그런데 나중에 보니까 미스터 한 빼고 동네 사람 모두가 알고 있었단다. 그리고 며칠 후 백동백나무는 감쪽같이 사라졌다.

"뽑아가버린 거지. 가져가서 살리지도 못하면서."

미스터 한은 도리질을 쳤다. 동백나무는 변종이 많단다. 분홍동백도 있고 분홍과 아이보리 중간 쯤 색깔이 나는 것도 있고, 어떤 것은 한 나무에서 여러 색의 꽃이 피는 경우도 있다. 그런데 그걸 발견하면 사람들은 '아름답고 신비로워라'에서 그치는 것이 아니라 가지를 자르거나 뽑아가버린다. 내 집에 가져다놓고 혼자만 오래오래 보고 싶어서. 자연의 아름다움을 너와 내가 나누지 못하고 공유하는 순간 파멸에 이르나니. 미스터 한은 냄새나는 나물 봉지를 들고 진저리를 쳤다.

"매물도까지 와서 모양은 섬사람인데 들고 있는 거는 냄새나는 나물이야. 하하하." (원규 형)

"지금 울고 있는 저 새의 이름은 무엇일까요?" (아직도 선생님 놀이 중인 남준씨)

역시나 아무도 대답을 하지 않자 스스로 답하길

"아까랑 같은 휘파람새야. 근데 소리가 다르지. 저 울음소리도 몸짓의 언어일 텐데. 얼마나 다양하겠어."

그렇게 다시 왔던 길을 되돌아 와 학교를 지나 바닷가 쪽 바위 절벽으로 걸어갔다.

갯놀이,
아는 만큼
먹는다

"중학교 모자 쓰고 교복 입고 그러면 매물도와는 이별이라."
올라갔던 언덕길을 되돌아와서 학교 쪽으로
올라가는 길에 만난 할머니의 말이다.
매물도에는 초등학교밖에 없기 때문에
아이들은 초등학교 졸업과 동시에 육지로 유학을 떠났다.

당금 마을에 있던 한산초등학교 매물도 분교는 지난 2005년 43년의 생을 끝으로 문을 닫았다. 지금 이곳은 손풍금이 쏟아져 나와 있고 새로운 문화 공간으로 변신 중이다. 폐교가 된 학교의 운동장을 가로질러 울타리를 쳐 놓은 길을 걸었다. 학교 너머 뒤로는 발전소가 보이고 아래로는 가파른 절벽과 파도가 내려다보였다. 그나마 매물도는 화력발전소가 있어서 밤새 전기가 공급이 된다. 호미질 한 번으로 나물 채취는 끝이 났다. 그 사실을 너무 잘 알고 있는 두 개의 비닐봉지는 산들산들 바람에도 강렬하게 춤을 추었다.

"비빔밥 기대하다가 굶는 거 아니야?" (원규 형)

"먹고 살기 참 힘들어." (미스터 한)

미스터 한은 갯바위가 있는 쪽으로 내려가보자고 제안했다. 나풀대는 검정봉지가 미안한 남준씨와 당장 굶게 생긴 원규 형, 깊고 긴 노동력을 보태기로 한 나는, 미스터 한의 뒤를 따랐다. 그 와중에도 남준씨는 풀섶으로 사라졌다 허겁지겁 나타나길 반복했다. 남준씨를 끊임없이 유혹하는 것은 역시나 꽃!

"순례하다가도 사라지면 작은 비목 하나 세워달라고 했어." (원규 형)

생명평화순례의 길에서도 남준씨는 이렇게 걷다 사라지면 찾지 말고 사라진 그 즈음에 비목 하나 세워달라고 했단다. 함께하는 사람들에게 짐이 되기 싫었던 것일 테다.

"자, 여기에 비목 하나 세우고 가세." (미스터 한)

"엉겅퀴가 많네." (원규 형)

봄 소풍 오기 좋은 갯바위

산 정상에서부터 민물 한 줄기가 내려오고 있었다. 그 물은 산 아래 바다와 만날 것이다. 미스터 한은 바로 그 민물 줄기를 따라 바닷가로 내려갔다. 미스터 한은 그중에서도 가장 높은 검은 바위에 올라섰다. 바다를 배경으로 갯바위에 올라선 미스터 한의 뒷모습에서 광채가 났다. 냄새나는 봉지를 들고 언덕을 어슬렁거리던 때와는 사뭇 다른 마도로스의 포스가 풍겼다. '물 만났다'는 말이 딱 들어맞는 순간. 바람에 흩날리는 곱슬머리, 그 한 가닥에서도 하얀 소금이 후드득 떨어질 것만 같았다. 마침내 그가 장갑을 끼고 칼을 쥐었다. 바다에서 그는 정말 멋있는 남자였다.

"바다에서 실컷 수영하고 바위에서 낮잠 자고 집에 가기 전에 민물로 씻고 가고."

원규 형은 이곳을 따뜻한 봄날 소풍 오기 좋은 장소라고 추천했다.

"갯것들이 많은 거 보니 사람들이 잘 안 오는 곳이야." (미스터 한)

"여기서 야영하면 술안주는 끄떡없겠다. 하하." (원규 형)

모든 풍경과 장소가 남준씨에게는 식물들과 숨바꼭질을 하는 놀이 공간으로 연결된다면, 원규 형에게는 소풍과 낮잠, 야영, 그리고 술로 연결된다. 산놀이에서 부진한 성적을 냈던 남준씨는 갯놀이에서도 별다른 관심을 보이지 않은 채 바위에 쭈그려 앉았다. 그런 남준씨에게 날리는 미스터 한의 파도와도 같은 한 방.

"똥 누냐?"

설마,
이것들을 먹으라고?

"아는 만큼 먹을 수 있어."

미스터 한은 갯바위에서 먹을 수 있는 모든 것들을 알려주겠노라며 눈빛을 반짝였다. 나는 눈을 아무리 비비고 자세히 보아도 도대체 검은 바위들 틈바구니에서 어디에 먹을 게 있다는 것인지 찾지 못했다. 그저 바닷가에 놀러왔다면 이런 바위 하나 배경삼아 사진 찍는 용도 외에는 쓸모가 없을 것만 같았다. 산에서는 남준씨의 눈에만 식물들이 탁탁 존재를 드러내더니, 갯가에서는 미스터 한의 눈에만 갯것들이 손을 번쩍번쩍 드는 듯했다. 이들의 눈에는 들어오지 않으나 도시민인 내 눈에만 들어오는 '도시 것'은 무엇이 있을까. 오전에 가면 20퍼센트 할인해주는 커피 전문점, 런치 메뉴가 알찬 레스토랑, 일본 가정식 백반이 맛있는 심야식당 정도가 되지 않을까.

미스터 한이 보란 듯이 사리를 잡고 쭈그려 앉은 바위를 자세히 보니 바위틈마다 무언가 촘촘히 박혀 있다. 미스터 한에게 바싹 붙어 보니 발밑으로 석회암이 뾰족뾰족 솟은 것 같은, 요상하게 생긴 녀석들이 군집을 이루고 있었다. 따개비류인 녀석의 이름은 거북이 발처럼 생겨서 거북손이란다.

"거북발, 하면 이상하잖아."

별명은 대감감투. 세상에서 따기가 가장 쉬운 갯것이 '고둥'이라면 이 녀석은 가장 어려운 놈이란다. 미스터 한은 빽빽하게 밀집되어 있는 그들 무리의 가장자리에 칼날을 깊이 넣어 밑동을 하나씩 뚝뚝 끊어냈다. 방금

잘린 절단면에 피 같은 붉은 액체를 머금은 녀석들이 내 옆으로 툭툭 떨어졌다. 그 모습을 자세히 보니 석회암질에 쌓인 머리 부분과 파충류의 피부처럼 거칠고 투박한 몸통으로 이루어져 있다. 머리는 갑각류처럼 단단하고 몸통은 파충류처럼 징그러운 이 녀석을 도대체 어떻게 먹는다는 걸까.

'설마, 정말, 이걸 먹는 건 아니겠지?'

나와 같은 의심이 동시에 전파된 남준씨는 아예 바위에 등을 대고 누웠고, 원규 형은 담배 한 개피 피워 물고 딴전을 피웠다. 나는 미스터 한이 따서 던지는 괴기스러운 녀석들에게 혹시나 얼굴이라도 얻어 맞지 않을까 싶어, 엉덩이를 뒤로 쭉 빼고 팔만 길게 뻗어 겨우겨우 주워서 봉지에 담았다.

"껍질을 까고 안에 것만 먹는 거야. 요리사 친구가 거문도에 와서 이 맛을 보고는 스스로 완벽한 맛을 내는 천연 양념통이라고 감탄했어. 쫀득거리는 고기이면서 조미료고 감미료야. 먹어보고 밤에 또 따러 오자고 하지 말고 지금 부지런히 따. 훌륭한 술안주야."

술안주, 게다가 훌륭한……. 이 말은 지친 병사들의 원기를 회복하는 초콜릿과 같았으니, 누워서 구름을 바라보던 남준씨는 엉거주춤한 자세로 일어났고, 원규 형도 소지하던 캠핑용 다용도 칼을 꺼냈다. 그리고 모두 용맹하게 바다 근처로 돌격!

"앗, 차가워."

그러나 녀석의 근처에 가기도 전에 파도의 공격의 공격을 받고야 말았다. 바닷물을 뚝뚝 떨구며 후퇴하는 이들을 보며 미스터 한이 파도를 살피는 법을 알려주었다.

"한 번 큰 파도가 올 때가 있거든. 반씩 물러났던 파도가 모이고 모여서.

여덟, 아홉 번 정도 작은 파도가 온 뒤에는 반드시 큰 거 한방이 와. 우리 인생처럼"

갯것을 따든 낚시를 하든 바다 놀이를 할 때는 파도를 잘 살펴야 한단다. 큰 거 한 방을 각별히 조심해야 하는데, 바닷물샤워 한 차례 시켜주고 물러나는 한 방이 있는가 하면, 사람 여러 명을 꿀꺽 삼켜버리는 한 방도 있기 때문이다.

어느덧 내 손에 쥔 봉지가 묵직해질 무렵, 그들이 돌아왔다. 원규 형의 손에는 이제까지 미스터 한이 딴 무수한 거북손보다도 더 큰 놈들이 들려 있었다.

"어, 큰 거 땄네."

미스터 한은 병사의 사기를 위해 칭찬을 아끼지 않았다. 그 뒤를 따른 남준씨의 손에는 작은 고둥(갯것 중에 가장 쉽고, 가장 헤프다고 소문난) 서너 개가 쥐어져 있었다.

"거 맛도 없는 거 뭐하게 땄어?"

나약한 노병의 대범하지 못한 전투력을 나무라는 미스터 한. 남준씨는 귓속에 들어간 물을 손가락으로 긁어내며 볼멘소리를 했다.

"난 이게 먹고 싶어."

미스터 한은 갯바위에 빽빽하게 달라붙어 있는, 홍합을 닮았으나 바지락보다도 작은 것들에게로 시선을 돌렸다.

"이건 굵은줄격판담치라고 해. 샛담치라고도 하는데 예전에는 어른들이 낚시할 때 이것을 괭이로 다 긁어서 깬 다음 물고기 미끼로 썼어. 우리가 포장마차에서 먹는 홍합은 지중해 담치! 그건 개화기 때 화물선에 붙어 들어와 퍼진 거야. 자연산홍합은 담채라고 하는데, 수심 5미터 이상 들어가야 굵은 걸 딸 수 있지. 담채는 전부 해녀가 잠수질로 따와."

그리고는 바위에 붙어 있는 조개도 아닌, 고둥도 아닌, 그러나 반짝 빛나는 것을 떼어냈다.

"얘는 삿갓을 닮아서 '삿갓조개', 비말이라고도 해."

윤기를 머금은 껍질이 예뻐서 옛날 아이들은 소꿉놀이로, 어른들은 윷놀이말로 사용했단다. 삶아서 내장까지 한꺼번에 먹으면 변비에도 좋다고.

물놀이 시즌이 아닐 때 바닷가에 오면 흔히 낚시를 하거나 횟집에 앉아 있다. 그러나 낚시를 하지 않아도 술안주나 간식거리 정도는 얼마든지 찾아낼 수 있다. 가족끼리 놀러와 횟집에 앉아 있는 것 말고도 직접 따는 재미도 즐기고 맛있는 것들을 맛보는 게 섬 여행의 별미다. 썰물 때에 맞춰나가면 조간대에 수많은 먹을거리들이 기다리고 있으니 한 번 시도해보자. 홍합, 굼벗, 삿갓조개, 따개비, 거북손, 고둥, 그중 최고의 맛은 거북손이란다 (난 이때까지도 녀석을 '먹는 것'이라고 믿지 않았다).

"남준 형이랑 똑같아. 어릴 때 먹을 게 없으니까 아무거나 주워 먹다가 다 먹게 된 거지. 난 편식하는 사람 보면 신기해. 먹을 것도 몇 종류 없는데 뭘 자꾸 골라."

해풍이 실어온 소금기가 엉켜 그의 흰 머리카락이 된 것만 같다. 혀끝에 그 한 가닥을 올려놓으면 투명하고 단단한 소금 맛이 날 것만 같다. 그렇다. 섬에서는 아는 만큼 먹을 수 있는 것이다.

미스터 한의 '매물도 레시피'

거북손

생김새 바위틈에 석회질 느낌의 자그마한 산山 같은 게 있다면 바로 이 녀석들이다. 썰물 때 갯바위에 가면 어디나 많다. 하지만 사람들 손을 자주 타는 곳에는 큰 놈이 없다.

채취법 녀석들을 따기 위해서는 장갑과 칼이 필요하다. 처음 해보는 사람은 어디서부터 손을 대야할 지 난감할 것이다. 워낙 빡빡하게 붙어 있어서 칼을 집어넣을 공간이 보이지 않기 때문이다. 맨 가장자리 것부터 하나씩 밑동을 잘라내면 점차 공간이 생긴다. 큰 녀석들은 가운데 있다. 칼끝을 최대한 바닥에 붙여 잘라낸다. 썰물 때가 좋다.

먹는 법 삶아서 따뜻할 때 까먹으면 최고! 다른 양념이 필요 없다. 바닷가에서 바로 먹겠다면 코펠에 바닷물을 넣고 몇 번 저어 세척한 다음 약간의 민물을 넣고 삶는다. 오래 삶지 않고 거품 넘치지 않도록 주의한다. 섬에서는 먹을거리가 그리울 때 약간의 간장과 참기름을 넣고 조물조물 무쳐서 반찬으로 먹기도 한다. 식구 중 누가 감기 몸살로 앓아누워 있으면 무와 함께 맑은 국물을 우려먹기도 하고 육지에서 손님이 찾아왔을 때는 탕이나 찌개를 끓이기도 한다.

맛 스스로가 쫀득거리는 고기이면서 감미료이다.

삿갓조개(비말)

생김새 삿갓 모양을 하고 갯바위에 붙어 있다.

채취법 녀석이 방심하고 있을 때 재빨리 칼끝을 틈으로 밀어넣는다.

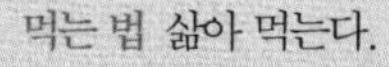

먹는 법 삶아 먹는다.

맛 좀 단단하고 심심하지만 오래 씹으면 고소하다. 내장은 변비에 좋다.

고둥

생김새 리본체조 선수도 만들어내지 못할 완벽한 동그란 무늬로 말려 있는 껍데기를 가졌다. 바닷가에 가면 지천으로 널려 있는 가장 흔한 갯것이다. 아래쪽이 평평하고 둥그런 삼각형 모양은 사리고둥, 울퉁불퉁한 것은 다시리고둥이다.

채취법 도구가 필요 없다. 그냥 주우면 된다. 갯것들 중에 참으로 흔하고 쉬운 녀석들.

먹는 법 백사장과 가까운 곳에서 주웠다면 해감에 신경 쓴다. 바닷물 담은 그릇에 넣어두고 한 번씩 흔들며 오래 해감한 뒤 삶아 먹는다. 간장 양념을 해서 반찬으로 먹기도 하고 섬에서는 전분을 풀어 탕으로 먹기도 한다.

맛 사리고둥이 제일 맛있고 다시리고둥은 약간 매운 맛이 난다.

미스터 한의 홍합 요리법

- 홍합을 손질해 냄비에 넣는다.
- 물은 맥주잔 반 정도만 붓는다.
- 너무 오래 끓이지 않는다.
- 입이 벌어지고 알이 동그랗게 보이면 먹는다.
- 관자까지 도려내어 먹는다. 씹는 맛이 좋다.
- 이 국물에 수제비나 칼국수를 해먹기도 한다.

- 홍합전 또한 별미이다.
- 까놓은 홍합살을 물로 씻고 물기를 빼놓는다.
- 밀가루를 입힌 다음 계란 옷을 입힌다.
- 그 위에 튀김가루나 빵가루를 입혀 튀겨낸다.
- 튀긴다기보다는 지져낸다. 굴전 하는 것과 같다.
- 단, 굴전은 조금 덜 익혀도 되지만 홍합전은 다 익혀야 한다.

박모 시인이 지나간 자리에는……

"노다지다!"

갯놀이를 마치고 돌아오는 길, 남준씨가 외쳤다. 시인의 손끝이 향한 그곳엔 달래 세 뿌리가 보일 듯 말듯 박혀 있었다. 나물 수확이 좋지 않은데다가 눈썹만 한 달래 한 뿌리, 겨우 봉지에 담아놓고 비빔밥 걱정을 했을 남준씨에게는 분명 노다지였다. 이번에도 호미질은 원규 형의 몫이다.

"한 뿌리는 남겨놓고 가야겠다."

원규 형은 그 이름이 무색한, 빈약한 노다지에서 달래를 다 캐내지 않았다. 저렇게 한 뿌리를 두고 가는 저 마음은 어떤 것일까. 그 마음은 남준씨가 한 뿌리의 달래를 캐고 나서 포자를 흙으로 덮어주던 마음과 같을 것이다.

그들과 매물도에 오기 전, 그러니까 불과 어제 아침만 해도 나에게 달래는 봄이면 시장이나 마트에서 쉽게 볼 수 있는 봄나물 중 하나였다. 해마다 봄이면 엄마가 차려준 밥상 위 양념장이나 된장찌개에 들어 있는 달래와 만나곤 했다. 그러나 향이 진한 나물들을 선호하지 않는, 달달한 것에 길들여진 나는 그것과의 만남이 반갑지 않았다. 그런데 소매물도에서 인사를 나누고, 이렇게 조심스레 손에 올리고 향을 맡노라니, 20년 동안 안면은 익지만 데면데면하여 눈인사조차 하지 않고 지나치던 사람과 마음 터놓고 2박 3일 내내 이야기를 나눈 것 같은 기분이 들었다.

'아, 네가 이렇게 자라는, 이렇게 생긴, 이런 향이 나는, 아이였구나.'

이제야 비로소 달래를 달래라고 부를 수 있을 것 같았다. 달래를 채취해

CRAFTER

보았을 뿐인데도 이런 생각이 드는데, 원규 형과 남준씨의 마음은 어떻겠는가. 지리산에 살고 있는 그들은 텃밭에서 직접 키우거나 인근 산에서 캔 나물들로 밥상을 차린다. 대부분 1식 3찬의 소박한 밥상이다. 밥상에 앉아서 상 위에 올라온 것들을 바라보면 밥알도 더 선명하게 보이고 산나물도 어디서 오게 됐는지 눈에 선하다고 한다. 그들은 깊은 인연을 맺은 그것들과 눈과 마음을 맞추며 소식小食을 한다. 미스터 한의 밥상도 바다에서 낚은 것들이 조금 더 추가될 뿐 다르지 않을 것이다.

"달래 냄새는 확실히 나겠다." (남준씨)

"달래가 진작 보였으면 거북손 덜 캤을 텐데." (미스터 한)

우리는 노다지 달래를 캐내며 점심 때가 다 되어서 숙소로 돌아갔다. 대항 마을로 이동하기 위해 서둘러 짐을 챙겼다. 짐이라고 해봤자 각자 등에 달랑 붙이고 온 배낭 하나와 어제 마시다 남은 술병들이 전부였다. 오전 내내 캐거나 딴 나물과 갯것들에게는 술병을 담은 박스 맨 윗자리 VIP석을 내주었다. 오늘 하루 우리의 든든한 먹을거리가 될 것이니까. 남준씨는 키만 한 기타를 둘러매고 앞서 걸어갔다.

"멋으로 메고 온 거지?" (미스터 한)

"집에 가는 배 안에서 조율 시작하는 거 아냐?" (원규 형)

남준씨는 전혀 아랑곳하지 않고 옥탑방 월세가 밀린 밴드의 기타리스트처럼 처연하게 걸었다. 그의 등산화 뒤꿈치가 남긴 발자국에는 수줍은 고독이 고이고 그의 눈꼬리에는 맑은 처연함이 맺히는 듯했다.

남준씨는 뭘 해도 남다른 분위기가 났다. 원규 형과 미스터 한은 그가 일부러 분위기를 연출하는 거라고 했지만, 내가 보기에는 이미 몸에 붙은 체

취와 다름없었다. 남자인 그들의 눈에는 빤히 보이는 꼼수가 여자인 내게만 보이지 않는 걸지도 모른다. 암튼 그런 분위기는 마음을 설레게 했다.

데코 박의
섬마을
비빔밥 레시피

대항 마을도 당금 마을과 마찬가지로
언덕에 마을이 형성되어 있다.
당금 마을처럼 밀도 있게 집들이 모여 있지 않고
몇몇이 모여 있기도 하고 외따로 흩어져 있기도 하다.
지붕은 여전히 주황빛이고 파란색 물통을 하나씩 달고 있다.
당금 마을보다는 마을의 규모가 작아 보이지만,
언덕의 경사는 더 가파르다.

선창가를 벗어나자 바로 가파른 비탈길과 만났다. 비탈의 경사에 놀란 그들은 벌써부터 잠깐 쉬어가자며 방파제 근처에 짐을 내려놓고 담배 한 개비씩 꺼내 물었다. 남준씨는 방파제 너머를 배경으로 기념사진을 찍었다. 방파제 아래에서는 아저씨 한 분이 무언가를 건져 올리고 있었고 무거운 하늘이 조금씩 걷히며 그 사이로 깨알보다 작은 햇살들이 톡톡 튀어나오고 있었다.

미스터 한의 이야기가 바람에 날렸다. 여러 사연으로 섬에 오게 된 술집 아가씨들은 도망을 갈 때면 방파제에 신발 한 켤레를 가지런히 올려두고 자살로 위장한다는 이야기. 미스터 한이 살아온 세계는 어떤 곳일까, 문득 궁금해졌다.

우리의 숙소는 대항 마을 선착장에서 왼쪽 위로 크게 '민박'이라는 간판이 붙은 집이었다. 오르고 또 올라 민박집으로 건너가는 작은 돌다리를 건넜다.

"어, 돌미나리네."

남준씨가 반색하며 여린 미나리잎을 뜯었다. 미리부터 밖으로 나와 우리를 기다리던 민박집 아주머니가 신기한 듯 우리를 바라보았다.

셰프 남준씨의 요리시간

오후 한 시가 다 되어서야 겨우 숙소에 짐을 풀 수 있었다. 허기진 우리

를 위해 남준씨가 슬며시 주방으로 향했다. 점심을 준비하시던 주인아주머니의 불편한 기색이 여기까지 전해졌다.

"뭐하시려고요? 제가 해드릴게요. 말씀하세요."

"괜찮습니다."

남준씨는 귀찮은 아줌마의 속내도 모른 채 정중하게 거절하고는 묵묵히 재료를 손질하기 시작했다. 내가 남준씨의 재료 손질을 돕겠다고 나섰지만 딱히 할 일이 없었다. 우리가 채취한 나물이라는 것이 고작 남준씨 손가락에 몇 번 감길 정도밖에는 되지 않았기 때문이다. 남준씨가 나물 몇 가닥을 매만지며 깨작거리는 것을 본 주인아주머니는 바구니를 옆구리에 끼고 밖으로 나갔다. 5분도 지나지 않아서 돌아온 주인아주머니의 바구니에는 각종 나물들로 가득 차 있다.

"그걸로 저 사람들이 어떻게 다 먹어요. 이거 드세요."

마음 좋은 아주머니는 바구니 가득 인심을 건넸다.

"괜찮습니다."

신사다운 남준씨는 또 정중히 거절했다. 아주머니 혼자 5분이면 한 바구니를 채울 수 있는 나물을, 우리는 오전 내내 언덕을 돌고 돌아 한 주먹밖에 따지 못한 것이다. 내가 볼멘소리를 하니 원규 형은 그것도 기술이라며 키득거렸다. 투자한 시간에 비해 얻어내지 못한 것에 대한 아쉬움이 남는 나와 달리 소매물도를 찾은 세 명의 문인들은 건강한 낙천성으로 웃어넘겼다. 흙을 일구며 자연과 함께 사는 사람들의 건강한 낙천성. 남준씨는 나와 주인아주머니가 구경하자 부끄러운 듯, 그러나 멋있는 척 어깨에 잔뜩 힘이 들어간 자세로 본격적인 비빔밥 만들기에 돌입했다.

데코 박의 섬마을 비빔밥 레시피

재료 당금 마을에서 왔어요. 달래, 초피, 달래, 찔레순, 어린칡잎, 두릅 등
대항 마을에서 왔어요. 돌미나리

데코용 장다리꽃(배추꽃), 동백꽃

1. 파란 바가지에 1/4 정도만 물을 담는다. 물이 아까우니까.
2. 나물들을 넣고 흙만 씻어낸다는 느낌으로 한 번만 헹군다. 이미 깨끗한 거니까.
3. 뿌리에 흙이 붙어 있는 달래는 마지막에 따로 두어 번 씻는다. 그 흙이 다른 것에 옮겨 붙으면 물 아깝게 여러 번 씻어야 하니까.
4. 장다리꽃과 동백꽃도 살짝 헹궈둔다. 난 '데코 박'이니까.

남준씨의 섬마을 비빔밥 만들기

1. 민박집 아주머니를 귀찮게 해서라도 제일 큰 양푼을 빌린다. 한꺼번에 비벼야 더 맛있으니까.
2. 민박집 아주머니가 난처해하더라도 1회용 위생장갑을 찾아달라고 한다. 멋스럽게 손으로 비벼야 하니까.
3. 양푼에 갓 지은 밥을 퍼 담는다. 머릿수를 세어보고 적당히. 남으면 안 되니까.
4. 손질해놓은 나물들을 먹기 좋은 크기로 잘라 흩뿌린다. 골고루 섞여야 하니까.
5. 어라? 나물이 생각보다 적다. 상에 오른 반찬 중에 함께 비벼도 좋은 것들을 마구 넣는다. 아주머니표 반찬 중에 함께 들어간 것들은 돈나물, 채장아찌 등등
6. 참기름을 두르고 고추장을 넣는다.
7. 일회용 장갑이 빛을 낼 때다. 양손으로 골고루 섞듯이 비빈다. 밥이 뜨겁지만 '앗 뜨거!'를 외치면 폼이 덜 나니 무조건 참는다. "장갑까지 끼고 지랄이네."(미스터 한) 뭘 모르는 것들이 하는 말은 귀담아 듣지 않는다.
8. 골고루 섞고 나서 노오란 장다리꽃과 빠알간 동백꽃을 사뿐히 얹어준다. 데코는 중요하니까.

"먹고 살기 참 힘들다. 오전 내내 나물 캐러 다니다 이제야 밥 먹고."

미스터 한의 말에 우리는 밥상 곁으로 모여들었다. 요리 앞에 흐뭇한 표정으로 앉아 있는 남준씨는 요리 프로그램에 출연한 유명 셰프 같다. '유학파 7성급 호텔 셰프'가 아닌 '지리산파 나물 셰프'지만. 우리는 남준씨의 손길 하나, 데코 하나를 사진에 담느라 분주했다. 완성된 비빔밥을 기념촬영한 후, 드디어 숟가락을 들어 올렸다. 비빔밥 하나 먹는 게 이렇게 숭고한 의식 같은 절차로 진행되다니. 오전 내내 언덕을 누비며 채취한 나물을 넣고 일회용 장갑을 끼고 남준씨의 손으로 비빈, 알록달록 데코까지 예쁜, 거룩한 비빔밥이여. 남준씨는 내 밥그릇에 장다리꽃을 넣어주었다. 꽃을 넣은 비빔밥을 처음 먹어본 나는, 어색했지만 그렇다고 골라낼 수 없는 법. 염소가 먹고 죽지 않았기 때문에 남준씨가 장다리꽃을 먹는 걸 테고, 그렇다면 나도 먹을 수 있는 거였다.

'아, 장다리꽃은 이런 맛이 나는구나.'

밥과 함께 씹어 먹는 꽃은 의외로 향긋하고 맛있었다. 숟가락마다 다른 맛과 다른 향이 풍겼다. 한줌의 나물이 이렇게 입안에서 놀라운 맛과 향을 풍기다니. 섬마을의 나물은 해풍의 영향 때문인지, 향이 더 진하고 입 안에 오래 남았다. 무엇보다 우리의 걸음과 이야기와 손길이 함께했기 때문이리라.

바다놀이,
고기는 낚는 게 아니라
고기가 물려주는 것

데코 박의 섬마을 비빔밥을 맛있게 먹어치운 우리는
크릴새우 한 봉지를 들고 선창가로 내려갔다.
점심을 산에서 구한 것으로 해결했으니
저녁거리는 바다에서 구하기로 했다.
매물도의 산과 바다에서 알뜰한 쇼핑을 해보기로 한 것이다.
민박집 주인아저씨의 발렌타인 호를 타고 나가
선상낚시를 하기로 한 우리.
미스터 한이 앞장서 바다로 이끌었다.

친구들과 어울려 낚시하러 가서는 술만 잔뜩 마시고 온 게 전부인 원규 형과 남준씨, 어릴 때 아빠 따라 민물낚시 한 번 가본 게 전부인 나는 직수굿하게 그를 따랐다. 어제 우리가 차차차를 췄던 오후 세 시다.

"이 정도면 배타고 나가 놀기 좋은 날이야." (미스터 한)

하늘은 우리가 대항 마을에 도착했을 때보다 훨씬 더 마음을 열어주었고, 그 사이로 봄 햇살이 바람의 온도를 데워주었다. 바람은 많이 불었지만 전혀 춥지 않았다.

선장이 배에 오르자 미스터 한은 그 다음으로 배에 올라 닻을 올리기 시작했다. 선장과 2인 1조가 되어 훌륭한 호흡을 자랑하는 미스터 한. 파도가 철썩철썩 때리는 배에서 그가 닻을 내리는 모습을 본 사람이라면, 내가 왜 그를 소설가 한창훈이 아닌, '미스터'라는 호칭으로 부르고 싶은지 알게 될 것이다. 사실 그는 겉모습만으로도 충분히 '미스터'이다. 물론 상대적으로 왜소한 두 시인과 섞여 있어서 그의 남성성이 더욱 두드러지는 건지도 모르지만. 배에 타자마자 눌러 앉을 자리부터 찾는 우리와 달리 미스터 한은 파도를 가르며 달리는 배에서도 우뚝 서 있었다. 바람과 물보라를 온몸으로 타듯, 미스터 한의 눈빛은 바다에서 달라졌다. 초록색 곤충을 닮은 원규 형과 은빛 물고기를 닮은 남준씨는 범접할 수 없는 '미스터스러움'이 바다에서 비로소 완성되는 순간이다.

마지못해 사는
남극의 펭귄을 생각하며

"우리 섬에서도 맨날 이 짓하고 있는데 여기까지 와서도 이 짓하네."

미스터 한이 바늘에 크릴새우를 끼우며 중얼거렸다.

"차라리 이걸 삶아먹는 게 낫지 않을까?"

미스터 한은 우리의 낚시 실력을 철저히 불신했다. 그렇다고 눈치 볼 우리가 아니다. 엉거주춤 서서 어깨너머로 낚싯바늘에 새우 끼우는 걸 흉내 냈다. 미스터 한의 말에 따르자면 우리가 지금 미끼로 사용하기 위해 바늘에 걸고 있는 크릴새우는 남극에서부터 온단다. 남극 바다에서 잡히는 크릴새우의 90퍼센트가 고기의 미끼로 쓰이는 덕분에 남극 크릴새우의 80퍼센트가 사라졌다. 크릴새우는 남극에 사는 펭귄뿐 아니라 물개, 수염고래의 먹이다.

"크릴새우 1.5킬로짜리 하나 가지고 낚시를 해도 충분한데 낚시꾼 혼자서 밑밥 통에 1.5킬로짜리 6~7개를 넣어. 갯바위에 그걸 세 통씩 들고 내려. 낚시하는 내내 쉬지 않고 뿌려대는 거야. 이건 폭력이야. 이거 쓰는 나라가 페루, 한국, 일본, 세 나라여. 세 나라 때문에 남극 펭귄이 굶어. 아직 굶어 죽을 정도는 아닌데 마지못해 살어."

미스터 한은 육지 친구들이 낚시하러 오면 한두 개 쓰는 크릴새우도 찝찝하단다. 주걱으로 밑밥을 뿌릴 때마다 펭귄이 '내 밥! 내 밥!' 하며 우는 소리가 들려서. 이런 새우를 어떻게 바다에 마구 던질 수 있단 말인가. 우리는 낚싯바늘 하나에 한 마리씩의 크릴새우를 조심스럽게 끼웠다. 찻잔에 매화 한 송이를 떨어뜨릴 때처럼 크릴새우 한 마리를 바늘에 끼우며 손을 덜덜 떨고 있는 남준씨에게 미스터 한이 말했다.

"두세 마리 끼워도 괜찮아, 영감."

어어엇! 센 바람 한줄기가 우리를 훑고 지나갔다. 휘리릭 바람은 원규 형의 모자를 빼앗아 바닷물에 풍덩 빠트렸다. 워낙 짧은 시간에 벌어진 일이었다(선상 낚시할 때는 모자 조심!). 바다에 빠진 모자를 보고 허둥버둥거리는 사이 미스터 한은 재빠르게 낚싯대를 넣어 원규 형의 모자를 낚는 민첩성을 보여주었다.

"와! 오늘 처음 잡은 고기다!"

우리는 이렇게 첫 고기로 원규 형의 모자를 낚았다. 우리는 킬킬거렸지만 저녁을 굶을지도 모른다는 미스터 한의 믿음은 점점 커져만 갔다. 드디어 우리는 '마지못해' 사는 남극의 펭귄을 생각하며 크릴새우가 걸린 낚시바늘을 바다에 던졌다.

"매물도를 낚아!"

미스터 한의 외침이 릴과 함께 바다로 들어갔다.

인증샷!
인증샷을 남겨줘

우리는 서로의 바다 영역이 겹치지 않게 흩어져 자리를 잡았다. 나는 미스터 한 곁에서 낚싯대를 드리우고 그의 이야기를 들었다. 미스터 한이 낚시를 처음 배운 것은 일곱 살 때였다. 두 뼘짜리 막대기에 그만큼의 낚싯줄을 달고 어른이 묶어준 바늘에 고동을 끼워 '진대(배도라치)'를 낚는 거였다. 치 끝에서 동무들과 낚시를 하다보면 저편으로 노을이 지고, 바다는 푸른 색에 붉은색이 덧칠을 했다. 아이들이 돌아가고 혼자 남아 있던 어느 순간, 문득 사는 게 슬퍼졌단다. 먼먼 옛날에도 나는 이 자리에서 이러고 있었던 것만 같은데, 한 백만 년쯤 지난 뒤에는 나는 무엇일까. 모든 게 사라지고 없어지면, 그 다음에는 무엇일까, 내가 사라진 다음의 나는 무엇일까, 가당찮게도 그런 생각을 했단다.

낚시를 처음 해보는 나도 낚싯대를 드리운 바다를 오도카니 바라보자니 어린 미스터 한의 슬픔에 한발 다가가는 것 같았다. 나의 낚싯대에도 고기가 낚여주었다. 역시 낚시는 고기가 물어주는 건가보다.

"어랭놀래기야. 점액질이 미끄러워. 고소하고 맛있고 다 좋은데 손질이 귀찮아. 미식가들이 좋아하지만 손질이 귀찮고 흔해서 잘 안 쳐줘. 근데 일본사람들이 좋아하는 고기야. 대장만 수놈인데 대장이 사라지면 그중 가장 몸집이 큰 암놈이 성 변환을 해. 수놈으로 바뀌어서 그 역할을 해. 사람은 2, 3천만 원 들여 해야 하는데 애들은 을마나 편해."

뱃머리에서 홀로 낚시하던 원규 형도 소리쳤다.

"어! 만지지 마. 지 같은 거 잡았네."

시인의 바늘에 물린 물고기는 색깔이 화려했지만 생김새가 무서웠다.

"쏨뱅이(삼뱅이)야. 지느러미에 독이 있어. 이거 만지다 쏘이면 통영까지 나가야 돼. 감성돔은 버려도 이건 가져가. 그만큼 맛이 좋아. 발로 밟고 집게로 바늘을 빼는 게 좋아."

미스터 한은 잡히는 고기마다 그들의 특성과 맛, 다루는 법, 그리고 요리

법을 상세히 알려주었다. 그러는 사이 미스터 한이 잠시 낚싯대를 담궜다 뺐을 뿐인데 검정색 물고기 한 마리가 달려 올라왔다.

"봄이 오면 반가운 놈이야. 너무 예쁘게 생겼어. 코디가 있는 건지도 몰라. 뭘 해먹어도 맛있어. 구이, 회, 찜, 탕. 봄철 가장 인기 좋은 게 도다리랑 볼락이야."

검정볼락. 쏨뱅이. 어랭놀래기. 이름만큼이나 어찌나 개성이 다르게 저마다 예쁘게 생겼는지.

"으악!"

오래오래 바다 속 얼굴 모를 물고기들에게 새우를 인심 좋게 퍼주기만 하던 남준씨가 소리를 질렀다. 남준씨의 낚싯줄에는 세 마리의 어랭놀래기가 걸려서 올라왔다. 낚시를 시작한 지 한 시간 반 만에 남준씨가 드디어 고기를, 그것도 세 마리를 한꺼번에 낚은 것이다. 남준씨는 고기를 잡은 흥분에 바늘에서 고기를 빼낼 생각도 않고 이렇게 외쳤다.

"인증샷! 인증샷을 찍어줘."

남준씨가 활짝 웃었다. 아, 사람이 활짝 웃는다는 것이 저런 것이구나. 인간이 웃을 수 있는 최대한의 활짝 웃음이 인증샷에 찍혔다. 미스터 한이 흥에 겨워 어쩔 줄 모르는 남준씨의 낚싯대를 가로채 바늘과 고기를 분리했다. 우리가 잡은 고기들이 담긴 바구니를 보니 뿌듯했다. 검은볼락 한 마리, 쏨뱅이 세 마리, 어랭놀래기 여러 마리.

"뭐, 한 2만 원 어치 잡았네."

2만 원 어치의 물고기가 2백만 원 어치의 물고기라도 되는 듯 저마다 사진을 찍었다. 우리 모두는 아이처럼 맑은 웃음도 낚았다.

미스터 한의 눈 감고도 고기 잡는 법

1. 새우를 바늘에 끼워. 꽁지는 떼고.
   크릴새우 등의 굽은 방향과 찌의 구부러진 방향이 일치하게.
2. 찌를 바다에 쭉 내려. 줄이 안 내려갈 때까지 풀어. 릴을.
3. 뭔가 신호가 오면 탁 낚아 올려.
4. 뭐가 잡힌 거 같으면 소리를 질러. 내가 올 테니까.
5. 낚싯대 길이만큼 남겨 두고 릴을 감아.
   가슴 쪽으로 당겼을 때 손으로 고기를 잡을 수 있게.

p.s. 고기는 낚는 게 아니야. 지가 물어주는 거지.

미스터 한의 검은볼락 이야기

생김새 볼락은 색깔이 아주 예쁘다. 붉고 푸른 바탕에 노란색이 뒤섞여 있어 살아 있는 꽃송이 같다. 체형도 안정감 있는데다 단단하고 날렵하다. 좋은 것은 다 갖다 붙여놓았다. 아무래도 이놈들은 거울을 보는 버릇이 있을 것이다. 코디네이터가 있을지도 모른다.

낚시법 봄철 밤바다에서 낚아서 새벽 5시에 회 떠놓고 한잔 한다. 사람이 밤에 하는 짓 중 가장 훌륭한 짓.

요리법 구이, 회, 탕, 뼈꼬시(일명 세꼬시) 모두 맛이 뛰어나다.

거문도의 독특한 볼락 조리법 냄비에 맹물을 적당히 넣은 다음 소금 간이 밴 볼락을 삶아먹는다. 꾸덕꾸덕 말린 거면 더 좋다. 아무 양념 안 한다. 익으면 수저로 파먹는다. 그 국물에 또 삶아먹는다. 세 번 정도 하고 나면 국물이 진국이 된다.

숟가락으로 먹기 볼락탕의 경우 다 끓여놓아도 생선의 모습이 그대로 유지되어 있다. 수저 날을 세워 등과 배 사이로 길게 길을 낸다. 그리고 등지느러미 아래로 수저 끝을 집어넣으면 살이 부서지지 않고 통째로 떠진다. 이렇게 하면 갈비뼈를 제외한 나머지는 깔끔하게 먹을 수 있다.

칼로 피를 봐야
멋있는
섬 남자만의 스킬

"나도 나물 쪽으로 갈 걸. 우아하게 비빔밥이나 하게.
이건 칼 들고 피 봐야 돼."
미스터 한이 쥔 칼이 어랭놀래기 아가미를 깊게 찔렀다.
도마에 피가 고였다.
그는 손을 빠르게 움직였다.
새끼손톱만 한 비늘을 후두둑 벗겨냈다.
입을 뻐끔거리고 있는 머리를 우지끈 잘라내더니,
아직도 온기가 남아 있는 내장을 꺼내고
깊은 바다에서 나침반이 되어준 지느러미를 떼어냈다.
흐르는 물로 핏물과 덜 떨어진 비늘을 깨끗이 씻어냈다.

물고기들을 다듬으며 미스터 한은 외할머니 이야기를 꺼냈다. 그렇다. 앞부분에도 여러 번 등장했던 거문도 해녀였던 외할머니 얘기다. 외할머니와 미스터 한은 생선을 다듬을 때면 늘 아옹다옹했다. 생선을 다듬는 방식이 달랐기 때문이었다. 할머니는 지느러미를 모두 떼어내고 살이 붙어 있는 몸통만 남겨 보관했다가 때맞춰 그것을 꺼내 요리했다. 미스터 한은 잡아온 고기들의 지느러미를 잘라내지 않고 통째로 냉동했다가 요리할 때도 되도록 그 모습을 유지했다. 미스터 한은 등과 꼬리지느러미가 제 모습을 지키고 있는 게 먹을 때도 보기에도 좋았다.

"짤라버려라!"

"싫소!"

"그 쓸데없는 걸 뭐다게 붙여 놓냐?"

"그냥 두는 게 좋다니까요."

죽은 것에 대한 예의

어느 날, 할머니와 생선을 다듬고 있는데 전화벨이 울렸다. 미스터 한이 전화를 받고 와보니 그의 고기 지느러미가 말끔하게 사라지고 없었다. 외할머니는 모른 체하고 있었다. 매끈하게 몸통만 남은 고기들이 지켜보는 가운데 한바탕 크게 싸우고 나서야 합의를 볼 수 있었다. 영자 것은 영자 맘대로, 순돌이 것은 순돌이 마음대로.

"죽은 것에 대한 예의 같아. 너무 고깃덩어리처럼 만들면 좀 미안하잖아."

생선의 지느러미를 잘라내버리면 단순한 고깃덩어리 같다는 미스터 한. 제 모습을 유지해 놓으면 생명체의 느낌이 들어 구석구석 숨어 있는 살 조각까지 살뜰히 먹어진단다. 산 것도 아닌 죽은 것에 대한 예의. 잡아서 다 먹는 그 순간까지 되도록 물고기의 원형을 잃지 않게 배려하는 미스터 한의 마음과 먹어서 없어지는 그 순간까지도 꽃과 식물의 아름다움을 최대한 유지하는 데코 박의 마음도 그와 비슷한 것일까. 무덤가에 앉아 잠시 쉬어 갈 때에도 무덤 속 누군가에게 인사를 잊지 않는 원규 형의 마음도.

죽은 것에 대한 예의를 다하는 미스터 한은 낚시 철학도 확고했다.

"죽인 것은 전부 먹자."

놔주어도 바늘을 잘 삼켜 죽는 노래미나 어린고기들은 죽였으니 무조건 가져와서 다 먹는다. 그만큼 다른 것을 덜 먹게 된다.

이거 할 줄 알아?
인기 있는 아빠가 되는 일

말끔히 손질한 물고기들이 도마 위에 올랐다. 우리는 보관해 두었다 탕을 끓여먹을 것이 아니기 때문에 지느러미까지 몽땅 잘랐다. 머리는 민박집 아주머니에게 보내졌다. 내일 아침상 위에서 매운탕으로 다시 만날 것이다. 미스터 한은 장갑을 마른 것으로 바꾸어 끼고 칼을 다시 손에 쥐었다. 이제부터 회뜨기가 시작될 터이다.

미스터 한의 회뜨기 교실

준비물 다듬은 물고기들, 키친타월, 마른 장갑, 날이 벼른 칼 한 자루.

1. 다듬을 물고기의 몸통을 등뼈를 중심으로 윗면과 아랫면의 포를 뜬다.

미스터 한은 중학교 1학년 때부터 회를 뜨기 시작했다. 선장이었던 외삼촌에게 처음 회 뜨는 것을 배웠다. 삼촌은 한 번 배우면 평생 '이 짓' 하게 되니 잘 결정하라고 으름장을 놓았지만, 미스터 한은 평생 하더라도 그 짓을 배우겠다고 나섰다. 어른들이 해준 고기를 먹는 게 귀찮고 불편했기 때문이다. 뭐든 스스로 하고 싶었던 중학교 시절 이야기다.

"그래서 내가 여기까지 와서도 이 짓하고 있잖아. 정말 평생 해."

2. 키친타월로 물기를 빼고 껍질을 벗긴다.

미스터 한은 자연 상태의 것이 사람의 입으로까지 들어가기의 과정이란 너무 복잡하고 고단한 것이라며 재차 강조한다.

"내가 고생한다는 소리가 아니고. 허허. 정말 종일 꼼지락거려야 해. 어제 말했잖아. 파래무침 하나 하려면 온종일 꼼지락거려야 되는데 먹는 데는 2분밖에 안 걸린다고. 그런 생각을 하면 밥상 위의 것들이 신성하게 보이게 돼."

어떤 사람이 어디에 가서 무엇을 가져다 어떤 얼굴로 어떤 마음으로 어떻게 만들었는지가 보이는 밥상, 어찌 신성하지 않을 수가 있겠는가.

3. 살점만 남은 덩어리를 다시 한 번 키친타월로 물기를 빼고 썰기 시작한다.

"이거 남준 형이 잡은 건데. 열나 크네."

사극사극, 칼날에 물고기 살결이 잘리는 소리가 난다. 남준씨는 미스터 한의 어깨 너머에서 비스듬히 누운 자세로 흐뭇한 아빠 미소를 하고 바라본다. 사극사극사극사극. 회써는 소리에 미스터 한의 목소리가 섞인다.

"이 정도 것은 몇 번 해보면 금방 해. 도미나 농어 이런 건 정식으로 배우려면 연습이 필요한데 이런 막회는 뜨는 방법만 알면 바로 해. 고기에 따라 쉬운 것들이 있어. 학꽁치는 연습하기가 쉽고."

이때, 남준씨가 접시를 들고 회를 뜨고 있는 미스터 한에게 엉금썰썰 다가간다.

"벌써부터 데코를 하려고?"

미스터 한은 힐끔 남준씨를 쳐다본다. 그 와중에도 미스터 한의 손가락 사이에서는 물고기 살점이 잘려나가고 있었다.

"당.근.잎.이야."

남준씨는 느리게, 그러나 또박또박 말한다. 숙제를 잘해왔다는 선생님의 칭찬을 기대하는 아이 같은 표정을 하고. 남준씨는 언제 밖에 나가서 연둣빛 당근잎을 뜯어왔을까. 데코를 위해서라면 숨겨둔 축지법을 사용하는 도인처럼 그의 행동은 바람처럼 빨랐다.

"엇! 바닥에 물기 봐. 해와도 귀찮아."

미스터 한은 남준씨의 데코 접시에 칭찬 대신 잔소리를 잔뜩 얹는다. 남준씨는 바닥에 물이 고여 있는 당근잎 데코 접시를 테이블에 내려놔보지도 못하고 그대로 들고 퇴장한다. 총총총.

4. 접시에 회가 수북이 쌓인다. 귀한 회를 위쪽에, 흔해도 맛있는 회를 아래에 쌓는다.

"애들의 최고 로망이 아빠하고 낚시하는 거잖아. 아빠하고 한 낚시는 못 잊어. 아빠를 갑자기 좋아하게 되고. 근데 회까지 떠봐. 일등 아빠고 일등 신랑감이지. 더 거칠게 먹을 수도 있어. 손질만 해가지고 뼈째 썰어서 세꼬시로. 우리는 어릴 때 순전히 뼈째 씹어 먹었어."

그 사이 남준씨는 미스터 한의 뒤편 싱크대 앞에 가서 무언가 꼼지락거린다. 키친타월로 당근 이파리를 하나하나 꾹꾹 눌러가며 물기를 닦아내고 있다. 표정이 어찌나 진지한 지 말을 건넬 수도 없다. 숙제 검사를 다시 받는 학생의 얼굴로 다시 한 번 미스터 한에게 접시를 내민다. 미스터 한은 마침내 접시를 받아준다. 뽀송뽀송한 당근잎이 흰 접시 위에서 남준씨처럼 경직된 포즈로 누워 있다. 썰은 살점들을 접시에 올려보니 생각보다 양이 적어 보인다.

"1인당 한 점씩 씹어 먹으면 되겠다. 스테이크처럼. 하하."

미스터 한의 말대로 우리는 생선회를 스테이크처럼 먹게 될 것이다.

섬에서 회를 맛있게 먹는 방법

조선간장, 마늘, 설탕, 고춧가루, 생강, 깨 따위로 만든 양념장을 준비한다.
그 다음으로 묵은 김치나 고추냉이 간장이다.
초고추장에 먹겠다면, '왜 이래 아마추어같이' 소리를 듣게 된다.
사실, 생선회에 초고추장은 잘 어울리지 않는단다.
달고 신 맛이 생선살의 맛을 반감시키기 때문이다.
초고추장은 무쳐먹는 회에만 사용하는 게 좋다.

분홍색
천연 조미료를
맛보는 시간

제법 모양을 갖춘 회 접시가 상에 올랐다.

초록의 당근잎이 톡톡한 역할을 해낸 모양새.

오래 기다린 우리는 허둥지둥 모여들었다.

미스터 한이 무릎을 꿇은 자세로 땀을 흘리며 썰어놓은 회는

냉장실에서 네 시간 정도 숙성을 마쳐야 했다.

회를 먹고 나서 거북손을 삶기로 했다.

거북손 맛을 먼저 봐버리면 회 맛이 덜하다는

미스터 한의 말 때문이었다.

이것만으로도 술안주는 충분했다.

미스터 한은 능숙한 손놀림으로 머리통만 한 텔레비전의 채널을 골랐다. 스카이 노스탤지어 채널에 고정시켰고 올드 팝이 흘러나왔다. 만족한 듯 리모컨을 손에서 내려놓으며 그의 이야기는 백도 가는 유람선으로 향했다. 백도 가는 관광 유람선은 늘 뽕짝만 틀어놓았다. 여행사 직원과 술을 먹던 미스터 한이 그랬다.

"당신네 회사 음악 좀 바꿉시다. 항해에 맞는 좀 잔잔한 것 좀 틀죠?"

그리고 얼마 뒤 스무 명의 작가가 거문도에 오게 됐다. 관광 유람선에서 모차르트가 흘러나왔다.

"니미 뭐 이런 걸 틀고. 뽕짝 틀어!"

단체관광 온 영감들이 욕을 하고 난리가 났다. 지금은 더 크게 뽕짝을 울리며 항해를 하고 있단다.

남준씨의 이야기는 모악산으로 흘렀다. 음악 선생이 집을 짓고 이사를 왔다. 아침 6시면 이장이 아침방송을 했는데, 방송을 시작하기 전에 쿵짝쿵짝 뽕짝을 한 5분 틀고 나서 '아~아~아~ 이장입니다'가 시작되었다. 음악 선생은 이장을 찾아가 테이프 두 개를 살며시 전해주고 왔다. 모차르트를 들으면 스트레스가 풀린다는 말과 함께. 며칠 뒤 아침에 갑자기 모차르트 음악이 흘러나왔다.

"이것이 뭐시오? 이것이 뭐시오?"

이장은 산에서 곰이라도 만난 듯 당황하더니 다시 쿵짝쿵짝 뽕짝을 틀었다.

"테이프를 잘못 넣은 거야. 하하." (미스터 한)

원규 형의 이야기는 악양으로 방향을 돌렸다. 악양은 귀농한 사람들이 아침마다 뽕짝을 틀어대는 마을 이장에게 항의전화를 마구 걸어댔다. 이제 이장은 뽕짝이 없는 방송만 한단다. 회는 장식용으로 놓아두고 술 한 잔씩 하며 이야기하느라 정신이 없다. 보다 못한 미스터 한이 버럭 화를 냈다.

"애끼지 말고 얼른 얼른 먹어. 술 한 잔씩에 안주 한 점이야."

우리는 동시에 젓가락을 들고 회 한 점씩을 들고 취향에 따른 양념장을 찍어 오물오물 씹었다. 쫄깃쫄깃 감칠맛이 나고 좋았다. 우리가 낚아 올린 순간들과 회 뜨던 미스터 한의 땀방울이 한꺼번에 씹히는 듯한 기분. '애끼지 말라' 명했지만 한 순간에 먹어치우기가 아까운 마음이 통하였는지, 두 점 이상은 입에 넣지 않는 우리들.

"혼자 먹어서 제일 맛없는 음식이 회야. 진짜 좋은 고기 잡아다 회 떠놔도 혼자 먹으면 세 점 먹다가 비닐 씌워서 냉장고에 넣어놓고 라면 끓여 먹어. 혼자 밥은 잘 먹어도 회는 안 되더라고." (미스터 한)

"난 육해공 안 가리는 데 가끔은 회가 먹고 싶어." (원규 형)

"나는 한 번씩 족발이 너무 먹고 싶어. 육지 음식." (미스터 한)

"나는 냉면, 짬뽕을 좋아해." (남준씨)

그들만의 소박한 음식 수다는 그렇게 꽤 오래 이어졌다.

천연 조미료를 품은
분홍살의 마력

"1인당 두 점씩 먹어봐. 치우게!"

회 먹는 속도가 느려터진 우리에게 마지막 명령을 내리고 미스터 한은 거북손을 삶기 위해 자리를 털고 일어났다. 두어 번 씻어낸 뒤 냄비에 약간의 물을 넣고 삶기 시작했다. 거품이 끓어오르고 얼마 지나지 않아 불을 껐다. 오래 삶지 않아도 된다. 단, 거품 넘치는 것만 주의하면 된다.

"이거는 맨손으로 먹기 어려워."

여기저기서 '앗 뜨거'가 터져 나왔다.

"우선 접시에 놔두고 식혀. 뜨거우니까."

미스터 한은 자상한 아빠처럼 거북손 먹는 방법을 설명해주었다.

"껍질이 잘 안 찢어져. 이로 손처럼 생긴 쪽을 지그시 눌러. 해바라기 씨 까듯이. 이렇게 해서 벌어지면 속살을 통째로 빼. 이게 완성이야."

거북손을 닮은 쪽은 검정색 속살이, 몸통 부분은 분홍색 속살이 이어져 나온다. 아, 어떤 맛일까. 겉모습만 본다면 도저히 먹지 못할 것 같은. 그러나 미스터 한이 찬양한 그 맛, 갯것 중에 최고의 맛이라는 이것. 입에 넣고 씹어보았다. 맛있다, 맛있다, 맛있어. 여기저기서 감탄사가 터져 나왔다. 검정살은 살결이 불규칙해서 바스락바스락 하는 느낌이 있고, 분홍살은 쫄깃쫄깃하다. 육즙은 짭짤하고 시원하고 달큰한 맛이 난다. 천연 조미료통, 요것을 조미료 삼아 다른 요리를 해도 맛이 충분하겠다. 이로 까느라 실갱이하고 질긴 껍질을 찢느라 애쓰고. 잠시 우리는 거북손 까기 놀이에 푹 빠졌다. 좀 불편해도 그 속살을 맛보기 위해서는 충분히 감수할 수 있는, 오히려 재밌는 놀이였다.

"『자산어보』에 보면 이게 미감이라고 되어 있어. '감'자가 달다, 감미롭다, 맛있다. 거북이 앞발톱을 닮아서 거북손인데 또 다른 별명이 대감감투야. 감투처럼 생겨서. 섬사람들이 손님상에 내려고 잡으러 안 가. 자기 식구들이 올 때만 잡으러 가지. 흔하면서도 귀한 음식이야."

캐는 게 좀 성가시지만 자기 식구들 올 때는 꼭 맛보이고 싶은 갯것이 거북손이다. 집에서 무쳐먹을 때는 약간의 간장과 참기름이면 충분하다. 까서 전분을 뿌려서 탕을 만들기도 한다. 섬은 탕 음식이 발달되어 있다.

"할매들이 손가락이 안 되니까 이로 많이 까. 그걸 모아가지고 탕을 만들어. 상상해봐. 흐흐."

모두 거북손 맛보느라 정신이 없다.

"이 맛, 중독성이 있어. 밤에 잠 안 자고 또 캐러 가자고 하지 마."

기괴한
낚시
백과사전

낮에 낚시하던 때의 흥분은

우리가 낚은 것을 섭취하면서 한껏 더 고조되었다.

아예 자신이 체험한 낚시법을 털어놓는 시간이 되었다.

누가 누가 더 기괴한가?

바야흐로 '기괴한 낚시법 말하기 대회'가 시작되었다.

먼저 참가번호 1번, 남준씨. 작년 여름 남준씨는 미스터 한이 살고 있는 거문도에 가서 스노쿨링에 도전했다.

"아, 바다 속이 그렇게 아름다워. 헤엄쳐서 가면 검고 이쁘장한 애들이 안 도망가. 같이 막 놀아. 물고기한테 손을 대면 뽀뽀를 해."

이쁘장한 애들과 스킨십을 나누며 한데 엉켜 놀던 시인의 머릿속은 이런 생각들로 가득했다.

'쉬이 잡아먹을 수 있겠구나, 쩝쩝.'

다음날 남준씨는 작살을 들고 다시 물에 들어갔다. 그랬더니 어제는 손에 뽀뽀를 해주던 애들이 일정 거리 이상 다가오지 않았다.

"그때 느꼈지. 생명이란 정말 함부로 할 수 있는 게 아니구나."

남준씨는 이쁘장한 애들에게 미안한 마음이 들었다. 미스터 한이 그의 작살 행태를 고발했다. 남준씨가 들고 있던 작살은 총이 아닌 고무줄이 달린 일반 작살이었다. 목표물을 발견하면 손가락을 걸어 당겼다 딱 놓으면 그 힘으로 날아가 목표물에 꽂히는 작살 말이다.

"들고 들어가서 갖고 댕기다가 고기가 찔릴 만하면 그때 당겨야 되는데, 계속 당겨 잡고 다니는 거야. 하하." (미스터 한)

"얼마나 힘들던지." (남준씨)

이제는 참가번호 2번, 원규 형. 시인이 자란 문경의 오지 마을은 광산촌이랑 붙어 있어서 반광반농이었다. 집집마다 요강만큼이나 흔하게 다이너마이트가 있었다.

"바람 부는 날 심지에 불을 붙이면 붙었는지 안 붙었는지 연기가 어떻게 나는지 몰라. 어? 안 붙었네. 다시 보다가 우와 터지는 거야. 상이군인 아닌데 광산촌에는 팔 잘린 사람이 있어. 그런 사람들이지."

"어째 주변에 정상적인 사람이 한 명도 없어." (미스터 한)

미스터 한이 추임새를 넣자 원규 형의 이야기는 흥에 겨워 덩실거렸다. 어린 원규 형과 그 일당들(꿩을 잡던 그 일당들 말이다)은 다이너마이트를 훔쳐서 고기를 잡으러 갔다. 한겨울의 강은 꽁꽁 얼어 있었다. 강에 구멍을 뚫었다. 돌을 굴려 얼음 구멍에 정확하게 넣는 연습을 세 차례나 했다. 세 개의 돌은 모두 어김없이 구멍 안으로 골인했다. 어린 원규 형은 다이너마이트에 불을 댕겼다. 그리고 볼링하듯이 얼음 구멍을 향해 굴렸다.

"어? 다이너마이트로 하니까 돌하고 달라. 미끄러지는 게. 구멍 앞에서 딱 선 거야. 얼음 위에서 터지니까 동네 저 멀리까지 폭발음이 다 들린 거야. 어른들이 뛰어오고 우리는 산 너머로 도망을 갔지. 애들 고막도 다 나간거야."

"용케 살아남았어. 오죽했으면 시인 됐겠어." (미스터 한)

마지막으로 참가번호 3번, 미스터 한. 거문도에서는 방파제 작업을 할 때면 물속에서 다이너마이트를 펑펑 많이 터트렸다. 그런 날이면 이장이 뽕짝을 싹 뺀, 심각한 어조로 발파 작업을 마을에 공지했다. 그 순간 어린 미스터 한과 일당들은 약속이라도 한 듯 빤쓰만 입고 뛰쳐나갔다. 어른들은 몽둥이를 들고 어린 일당들을 좇았지만 쥐처럼 작고 재빠른 아이들은 결코 몽둥이 하나에 물러나지 않았다. 그러는 사이, 펑! 물기둥이 솟았다. 물기둥이 올라올 때 큰 놈들이 같이 따라 올라왔다. 이때 뛰어 들어가야 했다.

“기절한 상태로 꼬리만 살랑살랑하는 걸 빤스 안에 넣어. 너무 큰 고기를 넣어서 고추가 달랑달랑해도 그게 어디야. 그래놓고 집에 가면 얼마나 칭찬 받는데.”

아, 미스터 한은 그래서 소설가가 된 것이다. 남준씨는 어떤 이야기를 해도 어설펐고, 원규 형은 어떤 이야기를 해도 기괴했고, 미스터 한은 어떤 이야기를 해도 희극적이었다. 이 셋의 이야기에는 공통된 정서가 있었는데 ‘위트’와 ‘웃음’이었다.

승리를 예감한
미스터 한의 앵콜

혹시 '빠삐용 낚시'라고 들어보았나? 어느 날, 섬마을 사내들끼리 모여 술을 마시는 데 누구네 가두리 터졌다는 소문이 술자리로 끼어들었다. 거문도에서는 가두리에서 탈출한 고기를 '빠삐용'이라 불렀다. 가두리 근처에서 낚시를 하면 빠삐용들이 걸리곤 했다. 2킬로그램짜리 출하 직전의 볼락이 가두리가 찢어져서 싹 빠져나가버린 것이다. 가두리 하나 터지면 2억이 날아갔다. 서로 말은 하지 않았지만 마음속으로 흑심을 키우며 누가 먼저랄 것도 없이 술자리를 끝냈다. 각자 조용히 집으로 가서 빠삐용들의 처리를 준비하며 뜬 눈으로 밤을 지새웠다. 다음날 새벽부터 사내들은 바빴다. 그때까지도 빠삐용들은 멀리 가지 못했다. 바로 가두리 옆에서 하자니 주인 눈치가 보였다. 주인과 눈 안 마주칠 정도의 거리에서 낚싯대를 드리웠다.

"하루 종일 먹이면서 사육시키던 애들이니까 스티로폼을 껴도 걸려."

주인 눈을 피하는 자리에 어제의 사내들이 띄엄띄엄 앉아 낚시를 하고 있었다. 속이 터지는 주인이 급기야 사내들을 향해 외쳤다.

"한 마리에 만 원씩 쳐줄 테니까 잡아 오시오!"

어떤 영감은 스무 마리를 잡아다 그 자리에서 주인에게 20만 원을 받고 팔았다.

"속 터진다. 내 건데 돈 주고 사야 할 입장이야." (원규 형)

이건 사건이라고도 하기 어렵다. 이보다 더한 사건이 있었으니……. 하루는 아는 형님이 미스터 한을 찾아와 소주 한 잔 하자고 했다. 그러더니 '내말 좀 들어보소' 이야기를 시작했다. 형님은 본인의 가두리 근처에 8미터 길이의 네모 통발을 묶어 놨다. 며칠에 한 번씩 건져 올려보면 물고기는 기본이고 문어, 전복 등이 잡혀 올라왔다. 주인이 가두리 안에 있는 고기들에게 사료를 주면 다 먹지 못한 게 주위에 떨어지니 그것을 먹기 위해 몰려오는 것들이었다. 그 통발 안의 것들이 형님네 1년 반찬이었다.

그러던 어느 날 통발에 10킬로그램짜리 다금바리가 들어 있는 게 아닌가. 맘씨 좋은 형님은 바로 마을 청년회에 연락을 해서 잔치를 제안했다. 그 정도 생선이면 스무 명이 먹어도 남았다. 이틀 뒤에 또 한 번 올려봤는데 또 들어 있었다. 5일 동안 세 마리의 10킬로그램짜리 다금바리가 걸려들었다. 꿈에 돌아가신 할아버지가 나오기도 했다. 할아버지의 덕이려니 동네 사람들과 맛있게 먹어치웠다. 또 일주일 지나서 나가봤더니 1.5킬로그램짜리 농어 5백 마리 정도가 가두리 근처를 빙빙 돌고 있었다. 근데 순간 덜컥, 우리 농어인가, 싶었다. 집에 가서 한 20년 전에 잠깐 배웠던 다이버 장비들을 가지고 나오는 데 마누라가 말했다.

"여보, 나 농어 일곱 마리 낚아서 우리 칸에 넣어놨어."

더 마음이 급해진 형님은 급하게 배를 몰고 가서 바다 속으로 다이빙했다. 농어 칸을 들어가 봤더니 농어가 한 마리도 남아 있지 않았다. 그 옆에 다금바리 칸이 있었는데 밑이 완전히 찢어진 채 벌어져서 한 마리도 남아 있지 않았다. 다, 자기네 고기들이었던 것이다.

"한 2백 마리가 나갔는데 그중에 몇 마리가 자기 통발에 걸려온 거야. 그걸 자연산 다금바리 잡았다고 다 모이라고 했으니. 하하."

남준씨의 인도양 표류기

"오늘 가시 거리가 엄청 멀어져가지고

저쪽 항구가 보이더라고.

하늘에 별도 쫙 올라왔어.

안 보이던 섬도 보이고."

잠시 밖에 나갔다 들어온 원규 형이 말했다.

그럼, 그렇지. 어제는 무심했던 별도

우리의 이야기를 훌려듣다보니

친구들을 불러 모을 수밖에 없었을 것이다.

당금 마을에서의 밤과는 달리 오늘 밤은 별들도 놀러오고 열어놓은 문틈 사이로 파도 소리도 세차게 몰려들어왔다. 스카이 위성 채널에서 흘러나오는 올드 팝도 파도 소리를 이겨내지는 못하지만 우리와 어울리기에 충분했다.

"인도양 표류기나 좀 들려주지?"

미스터 한이 남준씨의 옆구리를 찔렀다. 밤이 옆구리를 찌른 손가락만큼 더 깊어져갔다. 미스터 한의 끈질긴 호소로 현대상선 하이웨이 호를 타고 항해를 할 수 있는 네 번의 기회가 주어졌다(그가 왜 이런 기획을 했는지는 마지막 날 알게 될 것이다). 미스터 한은 네 번의 기회 중 유럽 항해 일정을 남준씨에게 넘기고 세 명의 여성 문인을 함께 붙여주었다. 남준씨와 여성 문인 3인은 춤을 추며 현대 포춘 호에 올랐다. '가장 감성적인 이별'이란 말이 무색할 정도로 활달하게 배웅까지 나와준 미스터 한을 향해 손을 흔들며. 그렇게 바닷길을 따라 유럽 일주를 하게 되었다. 끝없는 뱃길을 따라 12일째 항해 중이었는데…….

인도양에서의 마지막 파티,
그리고……

남준씨는 무게가 4만6천 톤 정도 되는 배를 타고 홍콩에서부터 출발해서 해적이 많이 나오기로 유명한 말라카 해협을 지나 인도양을 관통하고 있었다. 마침 인도양에서의 마지막 밤을 아쉬워하는 파티가 열렸다. 선장,

기관사, 일등항해사 등 모두 모여서 늦은 밤까지 양주를 마셨다. 배에 준비되어 있는 술을 다 마시고, 각자 가방 속에서 탈출해 나와 자수한 술들까지 다 마신 뒤 헤롱헤롱 방으로 흩어졌다.

다음날, 아침을 먹지 않는 남준씨는 11시쯤 일어나서 샤워를 했다. 에이 마이너 콧노래를 흥얼거리며 몸 구석구석을 닦아내니 술이 깨는 것 같았다. 수건으로 대충 몸을 감싸고 나와서 책상에 앉아 담배 한 개비를 입에 물었다. 순간 쾅! 하는 굉음과 함께 남준씨는 뒤로 나뒹굴어졌다. 그리고 정신을 잃었다. 정신을 차리고 보니 전기가 끊어져 사위가 캄캄하고 아무것도 보이지 않았다. 시간이 흐르고 어둠 속에 시각이 적응을 한 뒤 뒤쪽 벽이 뚫려 있고 앞쪽 문도 날아가고 없음을 알아차렸다.

"쾅하고 불길이 솟고 화약 냄새가 치솟고 하는 거야. 그때부터 다다다다다 기관총 소리가 나. 아, 저건 소말리아 해적이다! 내가 이렇게 누워서 무차별 사격을 당하다니. 순간 죽음을 생각했어. 근데 아무렇지도 않은 거야."

시인은 일어나서 더듬더듬 옷을 챙겨 입고 침대에 걸터앉았다. 갑자기 저벅저벅 발소리가 가까워져 오는 게 느껴졌다. 곧 자신을 겨냥한 '탕' 하는 소리가 들릴 것을 예상하고 시인은 눈을 감았다.

"정말 죽음이 아무렇지도 않게 그냥 받아들여지는 거야."

남준씨는 죽음에 대한 태도를 세 번 연속 오토리버스 중이다.

"멋지게 보이려고 오버하지 마." (원규 형)

"진짜야, 진짜라고."

남준씨는 눈을 똥그랗게 뜨며 강조한 뒤 이야기를 이어갔다.

죽음을 달관한 남준씨가 탈출하던 모습

"괜찮으세요?"

총소리 대신 한국말이 들렸다. 아, 여기는 천국이구나. 남준씨는 두리번거리며 천사를 찾았다. 천사의 후광과도 같은 눈부신 불빛이 시인의 얼굴을 덮쳤다. 그리고 정겨운 한국말이 다시금 들려왔다.

"괜. 찮. 으. 세. 요?"

시인은 그제야 정신이 번쩍 들었다. 살아야겠다는 생각부터 들었다. 순간적으로 샤워실에 들어가 수건에 물을 적셔 입을 틀어막았다.

"질식할 수 있으니까."

"그럼, 그렇지."

원규 형과 미스터 한은 박장대소했다.

젖은 수건을 입에 물고보니 바닥에 떨어져 있는 오디 카메라가 보였다. 출판 계약금으로 받은 거금 350만 원을 들여서 산, 자식 같은 카메라였다. 아, 내 새끼! 일생일대에 가장 큰 돈을 투자해서 산 내 새끼와 낯선 인도양 바다 위에서 결별을 할 수는 없었다. 입에 문 수건이 침 때문에 더욱 축축해졌다. 끔찍한 부성애를 꺾을 수 없었던 시인은 내 새끼를 품에 안았다. 새끼를 안고 보니, 옷장에 넣어둔 환전한 돈이 생각났다.

"이제 사람 된 거지." (미스터 한)

돈까지 바지 주머니에 쑤셔 넣고 보니 바다에 뛰어들면 지체온증으로 죽을 수도 있을 텐데, 걱정이 되었다. 점퍼까지 하나 챙겨서 마침내 방을 나셨다. 마치 도인처럼 죽음이 태연하게 받아들여졌다던 남준씨. 그가 방을 나설 때 모습은, '물수건 입에 물고, 카메라 목에 걸고, 현금 주머니에 넣고, 패딩점퍼 옆구리에 끼고' 였던 것이다.

알몸으로 돌아다닌 한국 시인

"바다 한가운데서 배가 불에 타고 있는데 사면이 물이잖아. 그 많은 물을 끌어와서 불을 끌 수가 없더라고. 정말 아이러니지. 한 세 시간 정도 배 안에서 우왕좌왕했어. 결국 선장이 비상태세를 내렸어."

네덜란드 군함이 구조를 하기 위해 다가왔다. 맞바람이 세고 파도가 높아서 가까이 다가올 수 없었다. 마침내 선장이 탈출 명령을 내렸다. 모선母船을 버리고 군함으로 옮겨 타야 했다. 수백 명이 한꺼번에 몰려들었다. 25미터 정도의 사다리를 내렸다.

"레이디 퍼스트! 레이디 퍼스트!"

제일 약하게 생긴 남준씨가 입에 물고 있던 수건을 뱉어내고 외쳤다. 사다리는 시인만큼 허약했다. 지탱해줄 만한 것이 아무것도 없었기 때문에 엄청난 바닷바람에 펄럭펄럭 나부꼈다. 남준씨는 여자 작가 중 가장 연약한 1인을 먼저 내려 보냈다. 연약한 1인의 여성이 내려가는 데 사다리가 중간에서 뒤집어졌다.

"꽉 붙들어! 꽉 붙들어!"

오디 카메라를 목에 걸고 패딩점퍼를 입은 남준씨는 목이 쉬도록 외쳤다. 불타고 있는 배, 갑판 위에서.

"사다리가 180도로 획획 뒤집어지는데 그 연약한 애가 안 놓고 같이 뒤집어지더라고. 아이고~ 그대로 숨이 막혀 죽을 것 같은 거야. 밑에 소형 구명보트에 네덜란드 군인이 두 명 있었어. 네덜란드에 가고 싶었는데 못 가고 네덜란드 군함에 구조가 된 거야. 그렇게 됐어."

그 사이 미스터 한은 인터넷 검색으로 당시 사진을 찾아낸다. 불붙은 배가 그날의 참담한 사고 현장을 소리 없이 말해주었다. 남준씨는 '저 정도 불은 아무것도 아냐'라며 사진이 극적인 순간을 포착하지 못했다며 아쉬워했다. 미스터 한이 기사를 읽으며 부연 설명을 덧붙였다.

"2006년 3월 22일 11시. 현지 시각 11시 55분. 총평수 6만4천5십 평의 현대 포춘 호가 컨테이너 5천100개를 싣고 가던 중 아덴 항 동방 약 140마일 삼미부에서 갑판에 적재된 컨테이너 폭발 발생. 선원 1명 부상, 승객 1명 누드인 채로 발견. 알몸으로 돌아다닌 승객은 한국의 시인으로 밝혀짐. 하하하."

남준씨는 더 적나라하게 불붙은 사진을 찾아달라고 징징댔다.

"불길이 그냥 뭐 여기저기서 펑펑 터지는데. 계단을 올라가는 데 여자 하이힐이 중간 중간에 걸려있어. 제일 위쪽 난간에는 자전거도 걸려 있었어. 컨테이너에 실려 있던 물건들이 다 날아온 거야."

다행히 포춘 호에 탔던 승객들은 전부 구조가 되었고, 거대한 몸체는 20일 동안 망망대해에서 불에 타다가 결국 전소됐다.

남준씨
유럽 보내기 프로젝트

남준씨가 세상과 이별을 고할 뻔했던 항해는 미스터 한의 기획이었다. 현대상선에 찾아가서 수차례 끈질긴 설득 끝에 네 번의 항해에 동행 허락을 얻어냈던 것. 두바이 아니면 인도네시아로 가라는 것을 억지를 부렸다. 유럽 한 번만 보내달라고.

"이 '한 번만'이 사람 약해지게 하잖아."

그래서 겨우 '한 번만 유럽'을 오케이 받았다. '한 번만 유럽'이 미스터 한은 가지 않고 남준씨를 팀장으로 해서 세 명의 여자 작가를 묶어 떠나보냈던 것이다.

"내가 유일하게 유럽을 한 번도 가본 적이 없었어."

미스터 한은 '남준씨 유럽 보내기 프로젝트'를 위해 그렇게 애를 썼던 것. 출발하기 전, 항해 중 사망 시 1인당 5억 원의 보험금이 나오는 선원보험도 들어주었다. 미스터 한은 보험금 5억 원이 나오면 1억 원은 자신한테 기부하라고 했고, 신이 난 남준씨는 무조건 '오케이'를 외치고 떠났던 것이다. 근데 13일째 되던 날 남준씨와 세 명의 여자 작가가 연락두절이 되었다. 걱정하던 차에 현대상선에서 전화가 왔다. 사고 소식을 전하면서 비밀을 지켜달라고 당부했다. 상선 측에서는 사고 소식이 알려져서 좋을 게 없었기 때문이다. 미스터 한은 아무에게도 말 못하고 벙어리 냉가슴을 앓던 중 전화가 걸려왔다.

"박남준 선생님 무슨 일 있죠? 다치셨나요?"

남준씨의 여성팬이었다.

“돌아가신 건 아니죠?”

“아마, 안 그랬을 걸요?”

미스터 한은 뛰는 가슴 달랠 새도 없이 그렇게 남준씨의 여성 팬들의 콩닥 가슴을 어루만져줘야만 했다. 그렇게 국제난민이 된 넷은 갖은 고생 끝에 한국으로 들어오게 되었다.

“합해서 20억 짜리를 새벽에 인천공항으로 마중을 갔지. 네 명이 죽었으면 나한테 4억이 왔을 텐데. 드디어 출구로 나왔어. 네 명이 국제난민 같은 거지꼴을 하고 동시에 동서남북으로 나를 에워싸. 한 명씩 한 명씩 이야기를 하는데 어찌나 웃기던지.” (미스터 한)

“거의 기적이라고 볼 수 있지. 인생이 이렇게 참 묘해. 네덜란드 가고 싶어서 탔는데 네덜란드 소속 군함에 실려 오고.” (남준씨)

“포춘 호 야한 사진 검색하면 빤쓰 입고 뛰어 다니는 박 시인이 있어.” (미스터 한)

남준씨는 미스터 한의 농담에 아랑곳하지 않고 더 극적인 사진을 찾아달라고 요구했다.

“이제와 하는 말이지만 나는 ‘형, 유럽 한 번 가지?’ 그러면 ‘네가 만들었으니까 네가 가!’ 그럴 줄 알았어. 근데 ‘어! 알았어, 언제?’ 바로 짐을 챙기는 거야. 전날 또 서울로 실어다줘야 되잖아. 집엘 갔네. 한 잔만 먹고 자자고 했더니 그날 따라 신나는 음악을 트는 거야. 기분이 좋아서. 하하하. 그러다가 배에 불나서 결국 유럽을 못간 거지.”

파도 소리에 운율을 맞춘 시낭송

바람이 분다. 바람이 불어. 우리는 별들과 파도 소리와 함께 인도양에서 표류를 하고 다시 매물도로 돌아왔다.

"제주 휘파람새는 육지 것하고 다르게 울어. 당금 마을에 있는 거는 소리가 제주 휘파람새하고 가까웠어. 사람도 제주 말과 서울 말이 다르듯이 다 달라. 바람이 세고 그런데서 서로 소통해야 하니까. 유전자적으로 그런 것도 있고. 바람이 많은 곳은 말을 전달하기 위해 말의 전의를 작게 해야 되는 거야. 나 같이 말이 느리고 어눌한 것이 유전자는 도태되고 창훈이는 지대로 빠르다고 생각하지만 쟤도 사실 도태되어야 하는데 남아 있는 희귀종이야." (남준씨)

"형보다는 다음이에요. 그래도." (미스터 한)

"새들도 언어를 전달해야 하니까. 나는 사랑이 가득 찼다, 지금 위험하다. 육지 것들은 달라요. 울음의 방향이 중요한 것은 철새예요." (남준씨)

"철새는 왜 철이 안 들어?" (미스터 한)

"철이 든 걸 철새라고 그러는 거야. 사람들은 이상해. 정치인들을 비롯해서 나쁜 것들을 가지고 철새라고 욕을 해. 철새는 한 철만 보여주고 아름답게 가는데." (남준씨)

"아직도 강좌가 안 끝났나? 시나 낭송해봐." (미스터 한)

동백

동백의 숲까지 나는 간다

저 붉은 것
피를 토하며 매달리는 간절한 고통 같은 것
어떤 격렬한 열망이 이 겨울 꽃을 피우게 하는지
내 욕망의 그늘에도 동백이 숨어 피고 지고 있겠지
지는 것들이 길 위에 누워 꽃길을 만드는 구나
동백의 숲에서는 꽃의 무상함도 다만 일별해야 했으나
견딜 수 없는 몸의 무게로 무너져내린 동백을 보는 일이란
곤두박질한 주검의 속살을 기웃거리는 일 같아서
두 눈은 동백 너머 푸른 바다 더듬이를 곤두세운다
옛날은 이렇게도 끈질기구나
동백을 보러 갔던 건
거기 내안의 동백을 부리고자 했던 것

동백의 숲을 되짚어 나오네
부리지 못한 동백꽃송이 내 진창의 바닥에 떨어지네
무수한 칼날을 들어 동백의 가지를 치고 또 친들
나를 아예 죽고 죽이지 않은들
저 동백 다시 피어나지 않겠는가

동백의 숲을 되짚어 나오네

부리지 못한 동백꽃송이

내 진창의 바닥에 피어나네

"아이씨, 끝 무렵에 잊어부렀어." (남준씨)

"평소에 시 좀 짧게 써. 뭐 이렇게 길게 쓰니까 잊어불지." (미스터 한)

"1년에 한 번 하면 헷갈려. 1년에 두세 번은 해야지." (남준씨)

"지금 가장 땡기는 거 하나 더 해." (미스터 한)

다시 일어나서 시낭송을 시작.

영도다리 금강산 철학관

지금은 늙고 병들어 일으켜 몸 세울 수 없는 영도다리

그 아래 올망졸망 비닐덮개 낡은 차일을 치고

케케묵은 포장마차들이 판을 벌이고 있다

허름한 빈대떡과 삶은 달걀과

졸고 졸아 몇 탕을 끓였을까 멀건 홍합 국물과

이 나라 구멍 난 주머니에 얻어터져 잔뜩 불은 국수 가락들 사이에

1.4후퇴 때 건너왔는가

사주 관상 택일 금강산 철학관
30년 전통이라는 때 절은 흰색 페인트칠 간판
늙고도 늙었다 빛바랜 그 글씨

거기 때로 집 나가 돌아오지 않는 안부가 불려 나왔으리라
너덜너덜한 신세들이 접고 접은 괴춤의 푼돈을 꺼냈으리라
엎어지고 자빠진 팔자타령을 풀어놓았으리라
손바닥만 한 금강산…… 그 어두컴컴한 방안에는
검은 안경을 쓴 점쟁이 할머니가 손가락을 꼼지락꼼지락
옹알거리는 아이처럼 모로 누워 있는데
한 번쯤 나 또한 문을 열고 싶었다
모질고 험한 세상의 일을 묻고도 싶었다
영도다리 푸른 물 너머 문득 금강산
굳세어라 금순이의 바람 찬 홍남부두
머나먼 땅의 소식도 물어보고 싶었다

바로 이어서 〈굳세어라 금순아〉를 부르기 시작했다. 원규 형이 천 원짜리 지폐를 한 장 꺼내 남준씨 앞에 놓았다.

"저기 악사님! 돈 챙기시고 1분만 있다 하죠. 이걸 좀 치우고 1차를 준비하게."

미스터 한은 거북손 껍데기를 정리하고 나는 과일을 깎았다. 남준씨는

〈섬집 아이〉를 이어 불렀다. 그 사이 새로운 술상이 차려졌다.

"일할 때 노동요를 불러주니 금방 끝나네." (남준씨)

셋째 날

빈집 중에서도 돌담이 말끔한 집이 눈에 띄었다. 유일하게 할머니 한 분이 외따로이 살고 있는 집이었다. 도시처럼 화려하게 꾸며야 사람이 사는 기운이 느껴지는 것이 아니라, 말끔하게 정리된 돌담이 사람의 흔적이었다. 도시와 섬은 사람이 산다는 것에서도 이토록 달랐다.

언제
행복한가를
생각해봐

"언제 행복한가를 잘 생각해봐. 날씨가 좋을 때야."
해가 나니 좋다, 라는 말을 반복하는 미스터 한.
어제 잡은 물고기들의 머리를 아침상에서 반갑게 조우한 뒤
커피믹스 하나를 잔에 풀어 밖으로 나오던 참이었다.
내리쬐던 아침 햇볕이
미스터 한의 눈웃음에 녹아내리는 듯했다.
미스터 한, 성난 파도처럼 거친 인상과 달리
아기 햇살처럼 순수하고 정감 넘치는 남자였다.

그와 함께 매물도 섬놀이 3일째. 소설에서 마주한 남자를 조금씩 알아가는 듯한 기분이 들었다. 외형적으로 다소 터프해보이는 그는, 사실 치명적인 다정함을 숨기고 있는 남자였다. 몇몇 행동에서 나는 그 치명적인 다정함에 빠져들었다. 그는 여행 내내 끊임없이 담배를 피웠다. 하지만 한 번도 옆 사람이나 맞은편 사람에게 직접 연기를 뿜지 않았다. 허공을 향하거나 사람이 없는 쪽으로 연기를 뿜었다(심지어 술에 취했을 때에도). 그건 그가 끊임없이 주변 사람을 의식하고 배려한다는 증거였다. 종종 궁시렁 궁시렁 불평 불만을 늘어놓았지만 궂은일은 결국 미스터 한이 척척 해냈다. 냄새나는 나물봉지를 들고 다니는 일을 시작으로, 이동할 때면 늘 가장 무거운 짐들을 어깨에 척척 걸쳤다.

어제는 그제보다 날씨가 좋았고 오늘은 어제보다 날씨가 더 좋다. 쏟아지는 햇살과 미스터 한의 순한 눈웃음, 그 둘을 즐기는 나는 미스터 한의 말대로 행복해졌다.

"우리 직업은 종종 오해를 받아."

거문도에서 자란 미스터 한은 고등학교 때 여수로 나와 이곳저곳을 떠돌다 7년 전에 다시 거문도로 귀향했다. 거의 30년 만에 다시 찾은 섬이었다. 마을 이장은 그가 뭐하는 사람인지 궁금했다. 젊은 사내가 낮에는 집에 있고 저녁에는 어슬렁거리며 술이나 마시러 다니니 궁금할 수밖에. 어느 날 밤, 술에 취한 이장과 길에서 만났다. 이때였다! 술기운에 기세등등해진 이장은 미스터 한에게 말을 걸었다.

"뭐허는 사람이여?"

"직업이 좀 별난 데요…… 작가예요."

"작가가 뭐여?"

"그냥 글 쓰는 사람이에요."

"아, 그걸로 벌이가 되나."

그렇게 헤어진 이장은 며칠 후 미스터 한을 찾아왔다. 글을 좀 써달라는 부탁을 했다. 젊은 남자가 돈벌이도 못하고 있는 것이 안쓰러워 일당도 주겠다 했다. 미스터 한은 그동안 써놓은 글이 많으니 읽어보라고 했더니, 그게 아니란다. 자기 배에 써놓은 '태풍 호'가 지워졌다며 다시 써달라는 것이었다. 그리고 슬쩍 물었다.

"근데 누구한테 사사 받았는가?"

길고 긴 노동을 이기는 1초의 테크놀로지

우리가 커피믹스 데이트를 즐기는 사이 원규 형이 밖으로 나온다.

"참외부터 시작해서 없는 게 없네."

민박집 앞으로 자리 잡은 밭을 본 원규 형의 말이다. 참외, 고구마, 오이, 고추…… 선상낚시 할 때 타고 나갔던 어선 크기만 한 밭에 이것저것 살뜰하게 많이도 심어 있었다. 너른 밭이 귀한 산골짜기 마을에서 작은 밭에 서너 개의 작물을 심은 건 본 적이 있지만, 이렇게 많은 작물을 밭 하나에 심어놓은 건 처음 보았다.

"섬에서 이 정도면 밭 관리 못한 거야."

지리산 주민과 서울 아가씨가 감탄하는 사이 미스터 한은 못마땅한 듯 빈정거렸다.

"공간 구조 역학의 최고는 선박이야. 거의 예술에 가깝지."

미스터 한에 따르면, 좁은 공간 구조를 최대한 활용하여 갖가지 것들을 정리 정돈한 선박이야말로 '정리의 신'이라고 한다. 일단 닻을 올리고 육지를 떠난 순간부터 오직 배에 발을 붙여야 하기에, 그 한정된 공간에서 모든 것을 해결해야 하기 때문이란다. 그러다 보니 섬사람들에게 정리 정돈은 본능에 가까운 것이고, 밭을 일구고 앞마당을 가꾸는 데까지 영향을 미쳤다는 것이다. 그런 것만 보고 자란 미스터 한 눈에, 지금 앞에 펼쳐진 밭은 엉망이라는 것이었다. 때마침 주인아저씨가 고구마 밭을 매고 있었다.

"아저씨, 밭일을 잘하시네요." (나)

"자기가 좋아하는 고구마 심는 거겠지." (미스터 한)

설거지를 끝낸 아주머니가 허겁지겁 밭으로 내려가고, 아저씨는 들고 있던 농기구를 내려놓고 어그적어그적 밭을 나왔다.

"저 정도로 오늘 일과는 다 끝낸 거여."

미스터 한은 섬마을 남자들은 게으르고 좀처럼 일을 하지 않는다고 했다. 그의 말에 따르면 남자들은 1퍼센트의 기술로 여성의 99퍼센트의 노동력을 갈취하는 족속이다.

미스터 한의 이야기는 홍성장으로 흘러들었다. 홍성장에 가면 강냉이를 튀겨주는 늙은 부부가 계신다. 둘 다 누가 더하고 덜할 것도 없이 '바짝' 늙었다(아마 지금쯤 두 분 다 돌아가셨을지 모른다). 꼬챙이처럼 빼빼 마른 영감은 일본 순사처럼 알 작은 안경을 코끝에 걸고 있었다. 그 옆에는 중력에 순응

하며 하염없이 펑퍼짐해진 엉덩이를 끌고 다니는 할멈이 붙어 있었다. 영감은 자기 손보다 다섯 배 큰 빨간 장갑을 끼고 뒷짐지고 왔다 갔다만 했다. 몸도 무거운 할멈은 뻥튀기 기계에 철망 걸고 불 땡기고 기계 돌아가게 하고 손님 받고 청소하고 정신없이 움직였다. 말 한마디 하지 않고 왔다 갔다만 하던 영감은 딱 한 가지 일을 했다. '뻥!' 딱 1초짜리 기술을 발휘하고는 가버렸다. 열고 튀겨진 강냉이를 긁어내고 봉지에 담고 돈 받고 계산하는 것도 할멈의 몫이었다.

"1초의 테크놀로지가 저 깊고 긴 노동을 이겨요. 무슨 소용이야. 할머니는 뻥이 안 되는데. 그러니까 남자들이 큰소리치지. 일은 99퍼센트 여자가 다 했는데."

원규 형이 이야기를 받아 저 멀리 산골 마을로 이끌고 갔다. 소가 쟁기질하던 시절, 소의 어깨에 멍에를 걸고, 거기에 쟁기를 달아 사람이 끌던 시절이 있었다. 그런데 언제부턴가 소가 도태되면서 쟁기 크기가 작아졌다. 근데 이 일에서 가장 중요한 기술은 쟁기를 잡는 것이었다. 잡는 걸 잘 잡아야 골의 깊이가 적당히 파이고 간격도 조절할 수 있는 것이다. 소는 없고, 잡는 건 기술을 부릴 줄 아는 영감이 해야 하니까, 소 대신 멍에를 메고 끄는 건 할멈이 하게 되는 것이었다.

"어릴 때 봤는데도 눈물겨워. 할머니가 밭에서 소처럼……."

섬마을도 마찬가지란다. 남자는 고기 잡는 기술 하나로 여자들은 집안일, 밭일, 고기 잡는 데 필요한 잡일들을 전부 해내야 한다. 섬마을 여자들의 노동은 정말 끝이 없다. 옛날, 섬마을 여자들은 하루에 18시간 가까이 일을 해야 했다. 미스터 한은 섬 여자들이 앉아서 쉬는 건 밥 먹는 시간 외에

본 적이 없단다. 밭일과 물질 외에도 하루 종일 꼬물거리는데, 그건 (짐작하다시피) 밥 먹을 준비를 하는 거였다. 바다에 가서 파래를 뜯어다가 잡물 골라내고, 손질 다하고 살짝 데쳐서 양념해서 놓으면 저녁밥상에 올라간다. 만드는 데만 하루 종일 걸린다.

"그래봤자 대접에 주먹만치 나와. 먹는 건 2분도 안 걸려. 사람들이 입안으로 뭘 집어넣기 위해 들이는 노고가 그렇게 많이 들어가는 거야."

미스터 한의 이야기는 결국 이렇다. 우리나라 남자들은 기본적으로 여자들의 노동력을 착취해서 먹고살았다는 것.

달라진
부부싸움의 패턴

"남자들 꼬라지 보면 '그래 관두자' 이러곤 가버려. 옛날에는 가부장제 시스템에 길들여져 있던 여자들이."

그러나 어느덧 시대는 바뀌어서, 이제는 섬 여자들도 지지 않는단다. 섬 사람들은 부부싸움 스케일도 다르다. 남자는 아내와 싸우다가 배를 타고 나가버린다. 그렇게 배타고 멀어지는 남자를 보고도 여자는 괘념치 않는다. 바다란 게 생산의 장소인만큼, 나가면 뭐라도 건져오겠지 싶은 거다. 그렇게 나가서 뭐라도 건져오면 남자는 일주일 치 일을 한 셈이 된다. 서로 손해 볼 일 없는 싸움이라는 말이다. 그건 산골 마을도 마찬가지란다.

"이제는 여자들이 데모해버려. 짐 들고 며칠 집을 나가서 홧김에 돈을 다 써버리고 놀다가 들어오는 거지. 그러니 싸울수록 남자가 손해야. 여자가 집을 나가면 라면 끓여먹어야 하지, 일도 안 되지……."

원규 형의 말을 듣고 있던 미스터 한이 집나간 마누라라도 번뜩 생각난 듯 외쳤다.

"인터발 박 화장실에 빠진 거 아니야? 건져와야겠다."

미스터 한의 말이 끝나기가 무섭게 남준씨가 휴대폰을 부여잡고 어그적 어그적 걸어 나왔다.

"아. 네. 예. 제가 매물도에 와 있는데요. 아, 네. 예. 여기 지금 풍랑주의보가 와서요. 아. 네. 예. 못 나가네요. 네. 네. 네. 죄송합니다."

남준씨에게 강의도 듣고 술도 마실 겸 찾아왔다는 무리들을 정중히 거절하는 중이었다. '죄송합니다'라고 했으니 매듭을 지을 만도 한데 남준씨의 구시렁거림은 좀처럼 끝나지 않았다. 자기보다 더 많이 알고, 이야기도 더 잘하는 사람을 소개해주는가 하면 그 사람의 전화번호를 두 번씩이나 또박또박 전달했다. 어찌나 또박또박 힘주어 말했던지, 옆에 있던 우리가 번호를 외울 정도였다.

"전화로 아예 강의를 한다, 강의를 해. 시간 다 잡아 먹어." (미스터 한)

남준씨는 조금도 빨라지지 않은 속도로 말을 이어갔다. 전화를 끊은 시인에게 원규 형이 그런 상황을 문자메시지로 해결하는 법을 알려주었다.

"매물도 풍랑주의보. 못 나감. 대리 강연자 아무개. 연락처. 이리 전화해보삼."

원규 형의 방법은 명쾌했다. 하지만

"그래도 그러면 안 돼."

남준씨의 반응은 부정적이었고, 성질 급한 미스터 한은 벌써 앞서 걷고 있었다.

대항 마을 산책

날씨가 좋아서 발걸음이 가볍다.

당금 마을보다 경사는 훨씬 가파르지만

모두들 사뿐사뿐 걸었다.

날씨 영향이다.

날씨의 힘은 이렇게 위대했다.

어제는 보이지 않던 매물도 주변의 무인도들이

눈에 쏙쏙 들어왔다.

눈을 감아도 따스한 햇살이 보이는 듯했다.

길가에 나와 앉아 계시던 할아버지와도 인사를 나누었다.

"내가 여그 이장이여. 우리 할아버지 때부터 내 아들들까지 4대가 살고 있는데, 우리 할아버지가 여그 섬에 귀향 온 거메. 왜냐면 육지서 이기 조그만 섬에 뭐할라 오겠노."

육지는 잘 몰라도 마을에 대해선 '빠삭하게' 아신다는 할아버지. 미스터 한이 거문도에서 왔다고 하자 반색하셨다. 거문도에 가보는 게 소원이라면서 반가운 손님이 왔으니 마을 안내를 해주겠다고 앞장섰다. 낯선 사내 셋과 서울 아가씨와의 만남이 반가운 것은 날씨 탓이기도 할 것이다.

"우리 마을 원래 이름이 한목이여. 큰 목이라는 뜻인데, 마을이 두 개의 큰 산으로 이어지는 데 이 가운데 산등성이에 잘록한 목에서 마을이 형성됐다고 해서 대항이라. 그래 인자 우리 할아버지가 그러는데 왜 매물돈고 하면 여기 빈 밭에 매물(메밀) 거 많이 심었다 카잖아. 우리도 많이 심었재. 그게 많다고 매물도라 캤는기라."

이 척박한 땅에서 마을 사람들은 목숨을 이어가기 위해 메밀, 보리 같은 작물을 많이 심었고, 메밀꽃이 흐드러지게 필 때면 섬 전체가 하얗게 보여서 배를 타고 지나는 사람들이 매물, 매물 불렀던 것이 매물도가 되었다는 이야기다. 옛날에는 당금 마을보다 규모도 크고 사람도 많이 살았다. 농사로 생계를 꾸리기에는 턱없이 부족했지만 논과 밭도 당금 마을보다 많았다. 한때는 73가구가 살았는데, 지금은 모두 떠나고 28가구만 남았다.

빈집 좀 아는 남자의
'좋은 빈집 구하는 법'

산책에 나선 지 10분 정도 지났을까. 낮은 돌담과 키가 작은 집들이 옹기종기 모여 있다. 옛 섬마을의 모습이 그대로 보존된 자연사박물관을 보는 것만 같다. 미스터 한은 전형적인 섬마을 집 구조가 고스란히 남아 있는 데 대해 감탄을 금치 못했다.

"여는 신촌이라 해."

과거 200여 년 전 정착했던 선조들의 삶의 원형을 고스란히 간직하고 있는 신촌. 이곳의 집들은 대부분 비어 있다. 살던 사람들은 시내로 나가고 한 가구만이 온기를 더하고 있었다. 버려진 물건들은 썩거나 바람에 부식되어 몸의 부피를 줄이고, 버려진 식물들은 제멋대로 몸을 부풀려 함께 살았던 사람들의 흔적을 덮었다. 어쩌면 그것은 사람의 온기에 대한 그리움의 형상화인지도 모르리라. 텅 비어버린 마을에는 거센 풀들이 웃자라 집을 덮었고, 어둡고 찬 기운이 마구간에 고여 있었다.

빈집을 본 원규 형이 그냥 있을 리 만무하다. 원규 형으로 말할 것 같으면 '빈집 좀 아는 남자'라고 할 수 있다. 지리산의 빈집을 옮겨 다니며 살아온 지 15년. 그는 주거지를 옮길 때마다 살 만한 빈집을 찾아다녔다. 빈집이 보이면 덜컥 들어가서 살면 되지 않느냐고 물어보는 이도 있겠지만, 절대로 아니었다. 우선 풍수지리부터 살펴야 한다. 태풍 왔을 때도 한 번 가보고 계곡물이 얼마나 불어났나 보고, 그렇게 사계절을 꼼꼼히 살펴 마음에 드는 빈집을 구하기까지 2년씩 걸렸다. 할머니가 혼자 사는 집은 어르신이

돌아가실 때까지 기다리다보면 2년이 흘렀고, 자식들이 허락할 때를 기다리다가 또 1년이 흘렀다. 그 사이 우편집배원에게 막걸리 한 잔 건네며 그 집 할머니가 돌아가시면 알려달라고 부탁도 해야 했고, 할머니 장례식에 가서 1박 2일을 거들어주며 자식들과 안면을 익히며 살살 구슬려야 했다.

"그냥 두면 폐가가 되니 내게 맡겨라. 내가 잘 가꾸어주마."

그렇게 월세 몇만 원에 빈집을 구할 수 있었다. 몸으로 얻은 정보와 치밀한 인간관계가 밑천이었다.

"이 집은 좀만 정리하면 바로 들어와서 살 수 있겠어."

방문만 열면 바다가 펼쳐지고 뒤로는 녹색 언덕이 감싸고 좁은 앞마당에는 햇살이 가득 고이는 집을 보고 원규 형이 말했다.

"이런 집들을 때려 부수고 펜션이나 호텔을 짓는다니 말이 돼? 도시인들이 여기 와서 옛날 섬 집에서 살아보게 해야지. 빈집 다듬어서 섬마을 홈스테이 하면 얼마나 좋겠어."

원규 형은 이장님에게 관광객들이 많이 온다고 해서 이거 없애고 그 자리에 펜션 같은 거 짓지 말라고 당부했다. 빈집 중에서도 돌담이 말끔한 집이 눈에 띄었다. 유일하게 할머니 한 분이 외따로이 살고 있는, 바로 그 집이었다. 그 집만이 사람의 온기가 느껴졌다. 도시처럼 화려하게 꾸며야 사람이 사는 기운이 느껴지는 것이 아니라, 말끔하게 정리된 돌담이 사람의 흔적이었다. 도시와 섬은 사람이 산다는 것에서도 이토록 달랐다.

신촌에 홀로 남은
할머니 집 엿보기

"할머니 나이 올해 칠십여든이라요. 방에 군불 때고 종이 같은 거 모아 놨따가 부엌에 불 땐다고 하다가 종이에 후루룩 붙어가지고 날려가지고 다리에 오그라붙어 가지고."

이장님의 말을 해석하자면 '아무도 살지 않는 신촌에 홀로 사시는 일흔 여덟의 할머니가 얼마 전에 아궁이에 불을 지피다 바람에 불씨가 날려 다리에 화상을 입고 통영 병원에 가셨다'는 이야기다. 빈집들 가운데 일부는 도시인들이 사놓고 한 번도 찾아오지 않는다고 했다. 삼년 전만 해도 천만 원이면 집 한 채를 살 수 있었다. 도시에서 살다가 휴가철 들어와서 며칠 놀다가 좋으니까 덜컥 샀던 것이다.

"십 분만 보고 있으면 심심해지는데 뭐." (미스터 한)

사람이 찾지 않는 집은 빈집과 다름없었다. 할머니가 사는 집 담장에만 예쁘게 꽃이 피어 있었다. 사람이 살고 있다는 흔적이다.

"구경 함 해보실랍니까?"

이장님이 우리를 할머니 집으로 이끌었다.

"아이구 할머니 죄송합니다."

미스터 한은 빈집에 들어가는 것에 대한 예의를 다해 인사를 건넸다. 뒤를 따라 우리도 앞마당에 들어가 살짝 구경했다. 할머니 집 유리창 너머로 거실을 엿보던 미스터 한이 말했다.

"여기가 전형적인 섬 할머니 집이야. 찬장 봐. 할머니들의 전형적인 찬장이지. 거문도 외할머니 집에 가도 딱 저렇게 생겼어. 가지런한 유리그릇. 저렇게 포개놓고 쓰지도 않아."

미스터 한은 할머니의 찬장으로 마음이 갔고,

"쪽문 봐. 저쪽 창으로 음식들 들락달락하고."

남준씨는 부엌에서 마루로 통하는 작은 문으로 마음이 갔고,

"신문의 힘이 대단해. 11년 동안 한 자리에 붙어 있어."

원규 형은 처마에 붙은 2000년도 신문에 마음이 갔다. 내가 할머니 찬장과 쪽문과 처마가 모두 예쁘다고 총총거리니,

"요즘 여자들은 저런 거 받아쓰려고 하지도 않습니다. 우리 며느리도 있지만 전부 내삐리고."

이장님이 말했고,

"사람은 이름대로 생겨 먹어. 화성에서 왔다니까." (미스터 한)

요즘 여자들과 취향이 살짝 다른 나는 외계인이 되고 말았다.

"요새 지게는 다 쇠로 돼가지고. 이건 나뭇가지 맞는 거 찾아서 오리지날로 만드는 거라."

남준씨의 마음은 뒤란에 놓인 나무지게로 움직였다.

"소나무로 합니다. 섬엔 지게가 자가용입니다." (이장님)

매물도는 마을 안에 차가 한 대도 없다. 마을이 비탈길로 이루어져 있어서 차가 들어올 수 없고, 그렇기에 아무리 무거운 짐이라도 사람의 힘으로 운반하는 수밖에 없다.

"지게가 처음에 일어서는 게 제일 무겁잖아요. 일어서기만 하면 가는데." (미스터 한)

"앉았다가 다시 일어나면 안 되니까 끝까지 가." (남준씨)

"웬만하면 한 발에 가야 되거든요. 쉴라하면 자리도 마땅치 않고 일어서기가 힘들거든요." (이장님)

"제가 옛날에 그래서 불알이 빠진 적이 있거든요. 쉬지 않고 끝까지 가 가지고. 창자가 불알로 다 빠져버려 가지고." (남준씨)

"미자바리 빠져버렸구만. 참, 병을 앓아도, 희한한 거." (미스터 한)

"지게를 지고 오르막길 올라가는 데 산 고개를 하나 넘었어. 거기서 쉬어야 하는데 그때 쉬면 도저히 못 넘을 것 같아. 그래서 계속 갔지. 힘을 엄청 줘가지고." (남준씨)

"불알 빠진 거 책에 꼭 써줘." (미스터 한)

"이런 건 쓰면 안 돼! 나의 품위와 위신이 있지."

나무지게를 진 남준씨가 펄펄 뛰었다. 여행 3일째, 남준씨가 저렇게 펄펄 뛰며 흥분하는 모습은 처음 보았다. 내 얼굴도 덩달아 홧홧해졌다(남준씨의 불알 빠진 이야기는 소매물도에서 그 내막이 벗겨진다).

미스터 한의 시선은 도구통으로 향했다.

"광양에서 순천까지 삼십 리 산길을 돌도구통(절구통)을 이고 간 아줌마가 있었어. 시어머니가 돌도구통 좀 갖고 와라, 시킨 거라. 그게 얼마나 무거워. 백키로도 넘어. 이걸 머리에 이고 삼십 리를 걸어가지고 꾹 놓고 불알 빠지듯이 자빠진 거야. 그러니까 시어머니가 이걸 진짜 갖고 왔냐고 놀란 거야. 한 번도 못 쉬고 온 거야. 그걸 내려놓으면 누가 들어서 머리 위에다 올려줘." (미스터 한)

아직도 신촌의 집집마다 돌도구통이 남아 있다. 빈집에도, 사람이 사는 집에도, 마당에 돌도구통 하나씩은 갖고 있다.

"섬에는 집에서 보리방아를 다 찧어서 먹었거든요." (이장님)

"저거 만드는 기술자들이 다녔어요. 섬에서 몇 달씩 먹으면서 집집마다 주문받고, 쪼아서 만들어주면 다음 섬으로 가고." (미스터 한)

섬을 떠돌며 돌도구통을 만들어주던 기술자들은 어디로 사라졌을까.

한가로운 풍경이야,
이렇게 살아야 해

좀 더 걸어가니 이장님의 소들이 너른 벌판에 줄도 묶이지 않은 채 자연 방목중이다.

"사람 이쁜 거랑 똑같아."

이장님 목소리가 들리니 우리에게로 다가온다. 이장님 왈, 애들도 이쁜 거랑 미운 게 있듯이 소도 마찬가지란다. 그래서 예쁜 놈은 키우고 미운 놈은 팔고 그랬더니, 좋은 인물로 평준화를 이루게 되었단다. 이장님에게 다가오던 소들이 우리가 다가가자 짐짓 경계하는 모습이다.

"낯선 사람이 자기한테 오면 자기가 팔려가는 줄 알아요. 저기 작은 거는 1개월 됐는데, 큰 거 저거는 8개월 됐습니다. 둘 다 암놈." (이장님)

코뚜레조차 하지 않은 소들이 언덕에서 자유로이 풀을 뜯고 저 멀리 바다는 반짝인다. 사람 살지 않는 무인도가 선명하다. 우리는 허밍을 하며 그렇게 잠시 풍경을 즐겼다.

"한가로운 풍경이다. 이렇게 살아야 하는데." (미스터 한)

우물이 보인다. 아직 마르지 않은 우물은 이장님 소들의 훌륭한 식수원이다. 옛날 물 반, 고기 반이던 시절에는 우물에서 고기가 나왔다고 한다. 이장님이 크게 우뚝 선 나무 아래쪽의 대숲을 가리켰다.

"저게 꼬돌개예요. 어른들 얘기 들어보니까 숙종 때인가. 대흉년이 들었대요. 일차로 들어온 사람들이 2년인가 3년인가 연거푸 흉년이 들어서 다 굶어 죽었지요."

꼬돌개는 매물도에 초기 정착민이 들어와 살았던 지역으로 대항 마을의 남쪽이다. 1810년경, 첫 이주민이 들어와 꼬돌개라고 불리는 지역에 논밭을 일구어 정착했다. 이곳은 산기슭에서 물이 잘 나와 섬에서 논농사를 지을 수 있는 유일한 곳이었다. 게다가 심한 바람도 피할 수 있는 천혜의 지형이었다. 그런데 1825~26년 두 해에 걸친 흉년과 괴질로 인해 마을 사람들 전체가 사망하고 말았다. 그렇게 단 한 명의 생존자도 없이 한꺼번에 '꼬돌아졌다' 해서 꼬돌개로 불리게 되었다. 그 후 들어온 후손들이 공터를 일구어 밭과 논을 만들고, 거기에 메밀과 보리, 칡 등을 심어 목숨을 연명하며 살아온 것이 지금에 이른 것이다.

"그나저나 여기는 풍장風葬이나 그런 거 없이 바로 묻었나요?"(남준씨)

"돌을 주워가지고 여기서 좀 벗어난 곳에 만들었다가, 1년이나 2년이 되든지 하면 이장을 했죠." (이장님)

"대강 살이나 이런 거 없어지면 가져다 묻었구나." (남준씨)

"이빨 난 아들은 땅에 파묻고 이빨이 나지 않은 아들은 독에다가 하고. 아이 넣고 물 빠지라고 밑에 깨고 납닥한 돌로 덮어서. 거의 다 그랬죠. 애

기장이라고." (이장님)

"이빨도 안 난 자식은 씹어 먹어보지도 못해서 그런가." (원규 형)

"우유밖에 못 먹고 젖도 다 안 뗀 것이." (남준씨)

돌아간 길을 되돌아와서 당금 마을로 이어지는 언덕길 방면으로 걷자 구판장이 나타났다. 겉으로 봐서는 구판장인지 알 수 없는 모습. 집 안에 작은 창고는 자물쇠로 채워져 있고 전화번호가 적혀 있다. 전화를 거니 아저씨가 어슬렁어슬렁 걸어오신다. 자물쇠를 따서 들여다본 창고 안은 소박한 식재료들이 쌓여 있었다. 구판장에서 조금 더 가면 신기한 게 등장한다. 마을 아래부터 이어진 모노레일을 볼 수 있는 것. 그 레일을 통해 언덕 아래부터 위까지 무거운 물건들을 올린다고 한다. 당금 마을에는 레일이 없지만 그보다 경사가 가파른 대항 마을에는 물건을 이동하기 위한 레일이 깔려 있는 것이다.

소매물도,
가라앉거나
사라지거나

"쪼깐한 섬 가라앉겄네."

정오 경, 미스터 한의 걱정으로 소매물도의 일정이 시작되었다.

선착장은 알록달록한 등산 점퍼를 입고

한껏 멋을 낸 중년의 단체관광객들로 발 디딜 곳이 없었다.

배에서 내린 우리는 단체관광객들의 꽁무니에 붙어

졸졸졸 가파른 오르막길을 올랐다.

"꼭 가야 돼?"

미스터 한의 말에 '다시 돌아가면 안 돼?' '우리 도망가자' 등의 말꼬리가 이어졌다. 그러나 순하디 순한 마음들이 이내 발걸음을 소매물도에 붙였다.

"여러분은 대한민국에 오셨습니다!"

미스터 한의 외침에 모두들 '우하하' 웃으며 섬에 정을 붙이기로 했다. 소매물도는 대매물도보다 크기는 작지만, 주민 수는 더 많다. 식당과 펜션이 있고 슈퍼도 여러 개다. 섬마을이라기보다는 관광지가 더 어울리는 곳이다. 주민들도 펜션이나 식당을 운영하며 서비스업에 종사하고 있다. 원래부터 등대섬을 보러 오는 관광객이 많았는데, '1박 2일' 팀이 다녀간 뒤로는 평일에도 하루에 천 명이 다녀간다고 한다. 주말에는 3천 명이 다녀간다고 하니, 이 작은 섬이 가라앉지 않고 떠 있는 것이 대견하다.

'하얀 산장'이라는 펜션에 짐을 풀자 홍 반장(펜션 주인의 별칭)의 어머니가 올라오셨다. 사람들이 이렇게 많이 와서 힘들지 않느냐고 물으니 어머니는 한을 풀듯 이야기를 쏟아냈다. 물이 모자란 섬마을에 하루 천 명의 관광객들이 몰려드니, 물이 부족한 것은 물론이요, 단체관광부대가 지나갈 때마다 섬에서 나는 방풍나물이 뿌리 채 뽑히고, 뭍과 가까운 바다의 파래, 미역 등도 싹 사라지고, 심지어 주민들이 힘들게 지은 농작물들까지 사라진단다. 사람의 발이 닿는 곳마다 모든 갯것들이 멸종하고, 그들이 남기고 가는 것은 쓰레기뿐이다. 소매물도 사람들은 관광객들의 행태에 질릴 대로 질렸단다. 그들로 인해 오염된 인근 바다에서 먹을거리조차 채취하지 않을 정도다.

"쓰레기 버리는 것들은 사람도 아닙니다."

남준씨가 단호한 말투로 할머니를 달랬다.

"섬의 아름다운 풍경은 바다에서 봐야 제대로야. 바다에서 제일 무서운 게 안개거든. 안개 낀 날은 소리가 더 멀리 가. 배를 몰고 나갔다가 안개에 잠기면 닻을 내려야 해. 닻이 닿지 않으면 그냥 떠 있는 거야. 그 어둠 속을."

미스터 한이 창을 통해 바다를 지그시 주시했다.

"뭐? 밥값이 만 원이라고?"

짐을 풀고 점심 먹을 궁리를 하던 작가들이 또 한 번 질색을 한다. 소매물도의 식당에서는 가장 싼 한 끼 식사(멍게비빔밥, 회비빔밥 정도)가 만 원이다. 그보다 싼 밥은 없다.

"난 만 원짜리 밥은 먹을 수 없어!"

남준씨가 특유의 담담하고 느린 어조로 말했다. 남준씨의 느리고 조용조용한 말은 감히 거역할 수 없는 힘이 얹혀 있다. 원규 형도 말을 보탰다.

"나도 그래. 밥값이 쓸데없이 비싼 건 용납이 안 돼. 우리 엄마들이 식당에 가서 하루 일하면 얼마 받는 줄 알아? 3만 원 받아. 하루 일당으로 밥 세 끼밖에 못 먹는다는 건 너무 불행하지 않아? 난 6천원이 넘는 밥은 안 먹어."

모두들 잠시 숙연한 분위기. 어느 순간처럼 미스터 한이 발랄하게 점심 논쟁의 종지부를 찍었다.

"짜파게티 먹자. 나, 라면 잘 끓여."

그러나 소매물도에 짜파게티는 없다. 구할 수 있는 라면은 신라면뿐. 그 또한 즐거움이니.

소매물도 문학 교실 (시)

"아, 훌륭한 한 끼였어."

미스터 한은 담배를 빨아대며

자신이 끓인 매운 라면에 대한 감흥에 잠겼다.

모두가 면발 건져먹기 대회에 출전한 선수마냥

열심히 젓가락질을 한 뒤다.

열심히 참여한 선수들에겐 부상으로

담배 혹은 커피의 달콤함이 주어졌다.

북적이는 선착장과 등대섬 가는 길을 벗어나 숙소에 앉아 차창 밖 바다를 바라보니 참으로 좋았다. 라면 냄새가 창 너머 바다에서도 너울거리는 듯했다. 하루에 두 번 등대섬으로 닿는 몽돌길이 열리고, 그 시간에 맞춰 관광객들이 밀물처럼 몰려든다. 우리도 섬에 도착해서 바로 출발했다면 시간 맞춰 등대섬에 갔을 테지만 그러지 않기로 했다. 내일 아침 일찍 시간이 되면 가는 거고, 그렇지 않으면 안 가도 그만이다. 여행은 자기만의 방식으로 즐거우면 되는 것이다. 우리는 여행지의 유명한 무엇을 보기 위해 필사적으로 달려드는 대신, 사람들이 유명한 무엇을 보느라 생략되는 풍경 속 의미를 수집하는 편이 더 좋았다.

"무슨 커피가 수류탄처럼 생겼냐?"

원규 형이 커피가 담긴 캔을 보며 웃었다. 이름도 '악마의 유혹'이다.

"요즘 애들은 그런 거 하루에 몇 개씩 사먹어." (미스터 한)

"그런데 시집詩集은 절대 안 사지. 아직도 좋아하는 시인이 누구냐고 물어보면 류시화래. 심지어 문예창작과 애들도 그래." (원규 형)

"옷가게 하는 친구가 하나 있어. 정말 작심하고 책을 안 보는 애야. 그런데 나는 죽어도 옷을 안 사거든. 세상에 너 같은 놈만 있으면 내가 굶어 죽고 나 같은 놈만 있으면 너는 굶어 죽는다, 그랬어. 하하."

미스터 한의 말에 모두 웃는다.

step 1.
가장 잘 말할 수 있는 것부터

"하동 읍내에서 빤쓰 장사하는 아줌마가 있는데 시를 너무 잘 써."

옷 장사 하는 친구가 있다는 미스터 한의 말에 남준씨가 '비너스'라는 속옷 장사를 하는 아주머니 이야기를 꺼냈다. 그녀는 원규 형과 남준씨가 강의하고 있는 '지리산 학교' 시 창작반 학생이다. 지리산에 들어와 사는 사람들끼리 자기가 잘하는 것들을 '나눈다'는 의미로 학교를 연 지 3년째. 지금은 개강하기 전부터 입학을 원하는 학생들이 줄을 서게 되었다.

시 창작반은 남준씨와 원규 형이 한 번씩 돌아가며 강의한다. 수강생들은 장사꾼, 농부, 귀농인 등 하는 일도 다양하고 나이도 들쑥날쑥이다. 시를 공부하는 만큼, 모두에게 글을 한 편씩 써오라고 했단다. 그 순간, 속옷 장사하는 아주머니가 얼굴이 울그락불그락하며 손을 번쩍 들었다.

"선생님! 툭 까놓고 얘기할게요. 제가 인터넷을 시작한 지 얼마 안 됐어요. 그래서 댓글 좀 폼 나게 달고 싶어서 여기에 왔어요. 시를 쓰라고 하면 못 나옵니다."

그랬던 그녀가 시를 써왔는데, 소재가 기가 막혔던 것이었다.

"제목이 '어느 무면허사의 속옷 처방전'이야. 약국에 가면 약사가 약을 처방하지만, 비너스에 오면 자기가 속옷을 처방한다는 거야. 절벽 가슴에는 뽕브라를, 어떤 날에는 무슨 팬티를. 가게에 들어오는 남자만 봐도 딱 안대. 딸 건지, 마누라 건지, 다방 여자 건지, 바람난 애인 건지. 색감까지 딱 떠오른대. 그런 내용을 시로 써온 거야. 현역 문단에서는 쓸 수 없는 시지.

프로들이 깜짝깜짝 놀래."

두 시인이 말한 또 한 편의 수작은 '마네킹과의 이별'이었다. 30년 동안 한복집을 운영하던 아주머니가 나이도 들고 장사도 예전 같지 않아 가게 문을 닫게 되었다. 그리고 30년간 손수 지은 작품들을 걸어둔 마네킹과의 이별을 시로 썼다는 것이다.

"술 먹다 얘기로 들었으면 우리가 다 갖다 썼지. 하하." (원규 형)

시를 쓰고 싶으세요?

누구나 처음에 시를 쓰면 산문처럼 써. 그럼 어때? 줄이고 다듬으면 되지. 자기가 가장 잘 말할 수 있는 것부터 쓰는 거야. 평생 속옷 장사하던 아주머니가 속옷처방전에 대해 쓰듯이. (원규 형)

열이면 열 이렇게 물어. 시를 잘 쓰려면 어떻게 해야 하느냐고. 그때마다 왕도는 없다고 해. 지나온 삶들을 돌이켜봐라, 거기 무궁무진한 자신만의 이야기가 담겨 있어. 내가 나에게 고백하며 일기를 쓰듯이, 자신의 이야기를 친구나 아이들에게 들려주듯이 그렇게 쓰면 되는 거야. 거기에 감동이 있어. 많이 보고 많이 생각하고 끊임없이 쓰는 일. 바로 그거야. 밥 먹을 때도 잠을 잘 때도 똥 눌 때도. (남준씨)

step 2.
한 번 울고 나면 시를 잘 써

문학을 접하지 못한 채 살아온 대다수 중년들에게 시를 쓰라고 하면 난생 처음 자기 삶을 읊기 시작한다. 그리고 사람들 앞에서 자기가 쓴 시를 읽는다. 처음 쓴 '시'라는 것, 그 안에 자기 삶이 휙휙 지나간다. 열이면 열, 모두 그 순간에 울음을 터트린다.

사십대 아주머니가 매화에 대해 시를 써왔다. 대부분 매화는 긍정적이고 아름다운 꽃이라고 생각하는데, 그녀에게 매화는 저주의 꽃이었다.

"어린 시절, 매화만 피면 학교 가고 싶은데 학교를 못 가게 했대. 농사철이 시작됐는데 딸년이 무슨 학교를 가냐는 거지. 지금도 매화만 피면 그때 생각이 나서 제일 싫대." (남준씨)

아주머니는 봄 한철 매화가 흐드러지게 피었을 때 학교에 못가고 호미 들고 일한 시절 이야기를 써왔는데, 시를 발표하며 울음을 터트렸다. 도시에서 살다가, 남편은 도시에 남겨두고 딸과 함께 귀농한 여자도 고향 얘기를 시로 써왔다. 읽어보라고 했더니 눈부터 벌개지더니 교실 밖으로 나가서 한참을 울고 들어왔다.

"아주머니, 아저씨, 농부, 장사꾼 할 거 없이 나중엔 다 울어. 그렇게 울고 나면 다음부터 시가 좋아져." (원규 형)

"자기 삶의 아픈 상처를 씻는 거지." (남준씨)

"그렇게 한 번 확 올라서는 순간이 있어." (미스터 한)

시를 쓰고 싶으세요?

편지조차 써본 적이 없는 사람이 자기가 처음 쓴 시를 남들 앞에서 읽는다는 것. 그것과 동시에 자기 상처를 푸는 거야. 그 다음부터는 시가 확확 늘어. (원규 형)

step 3.
잘못 완성된 시풍을 버려

"한번은 우리 동네 칠십 넘은 할머니가 나를 만나러 왔어."

미스터 한이 동네 할머니 이야기를 시작했다. 미스터 한을 찾아온 할머니는 주섬주섬 종이뭉치를 꺼냈다. 거기에는 할머니가 오랫동안 쓴 시가 담겨 있었다. 섬마을 할머니가 쓴 시인지라 맞춤법도 다 틀린 것들이었지만, 웬만하면 문예지에 실어보려고 고르고 또 골랐다. 그런데 그 많은 시 중에 고를만한 게 없었다. 이유는 하나. 너무 '시적詩的'이라는 것이었다.

"그 양반 사연에 깃든 한恨 덩어리가 아파트 17층은 돼. 내가 아는 사연도 많은데, 그걸 담은 시가 너무 시적인 거야. 그나마 시 같은 게 '소'라는 제목의 시였어. 소가 바닷가에서 수평선을 바라보는 장면이야."

"아, 그림이다."

"그런데 그 할머니와 내 이야기를 듣고 있던 내 외할머니가 불쑥 끼어드

신 거야. '그런 게 뭔 시다요? 소가 산에 있어야지 바닷가에 있으면 그게 소다냐?'라고 하신 거지."

"할머니, 여기서 소는 소가 아니고 이 글을 쓴 사람이야."

"그라믄 사람이 서 있어야지."

"워매, 우리 할매부터 갈쳐야겄네."

그렇게 그날의 만남은 매듭짓고 동네 할머니에게 일주일 동안 더 써오라고 숙제를 내주었단다. 그러나 할머니는 이미 오랜 시간 동안 자기만의 시풍이 완성된 사람이었다. 그 시풍은 변하지 않았다.

"시에 대해 하나도 모르면 두석 달 사이에 시가 막 바뀌는데, 문학회든 어디든 좀 돌아다닌 사람은 안 바뀌어. 우리 반에도 박모 시인한테 시를 배웠다는 사람이 있었어. 처음엔 사람들이 써온 시를 비판하면서 기를 좀 죽이더라고. 근데 정작 자기 시는 안 내는 거야. 나중에 그 사람이 발표했는데 사람들이 조용해. 뭔가 아닌 거 같거든. 마음, 사랑…… 추상어 남발이니까."

시를 쓰고 싶으세요?

잘못 완성된 시풍을 버려야 돼. 멋진 추상어 나열이 시가 아니거든.

(미스터 한)

step 4.
시로 행복해진다

살면서 한이 맺힌 사십대 아주머니들은 시를 쓰고 서로 읽어주는 시간이 그렇게 감동적일 수 없다. 자식들도 읽어보곤 너무 좋다고 말해주었다. 세상에서 가장 행복한 사람이 되었다고 여기니 삶의 모습도 달라졌다. 아주머니들은 농사일과 장사일을 하며 짬짬이 시간을 내어 원규 형과 남준씨의 시를 모두 필사했다. 자기들끼리 시집도 발간했다. 시집 제목이 『소를 타고 집으로 돌아오다』였다. 원규 형이 하도 멋있어서 감탄하며 제목 칭찬을 했다.

"도대체 이렇게 멋진 제목은 어디서 가져온 거냐?"

"이거 선생님 시에서 한 구절 따온 건데요."

<u>시를 쓰고 싶으세요?</u>

선생을 잘 만나야 해. 하하. (원규 형)

그 선생 만나면 틴 머리도 덮일 것 같은데? 킬킬. (미스터 한)

소매물도
산책

날씨가 한결 좋아졌다.
풍랑주의보를 뚫고 사선을 타고
매물도에 도착한 우리.
첫날은 천둥번개가 몰아쳤고,
다음날은 조금 나아졌지만
여전히 흐려서 아쉬웠는데,
셋째 날에는 인근의 섬들이
눈에 들어올 정도로 맑아졌다.
남준씨는 20여 년 전의 기억을 찾아서,
미스터 한과 원규 형은
관광객들이 열광하는 등대섬이 아닌
소매물도의 감춰진 속살을 찾아서 걷기 시작했다.

우리는 본능적으로 인적이 드문 염소와 주민들만이 아는 길들을 잘도 찾아냈다. 한 민박집 앞에서 젊고 잘 생긴 이장님과 만나 가볍게 인사를 나누었다. 이장님은 여러 번 민박을 찾는 손님들에게만 공개한다는 '비밀의 길'을 알려주었다. 사람이 많이 다니지 않는, 보일 듯 말 듯한 길. 민박집 앞마당을 가로질러 뒤쪽 길로 접어들었다.

"이 길은 아무리 다정해도 손을 잡고 걸을 수가 없겠네."

원규 형의 말대로 간신히 사람 하나 지나갈 정도로 좁은 숲길을 걸었다. 아, 그런데 이게 웬일인가. 얼마 걷지 않았는데, 녹색의 벌판이 눈앞에 펼쳐지고 그 너머로 파란 바다가 넘실거리고 등대섬이 작게 보이기 시작했다. '바람의 언덕'이었다.

귓바퀴 솜털까지
바람에 담그고 싶다면

바람의 언덕은 해가 지는 모습이 가장 아름답기로 소문난 곳이다. 이곳에 올라서면 누구라도 왜 바람의 언덕으로 불리게 되었는지 알 수 있다. 귓바퀴에 난 솜털까지도 휘리릭 날리는 기분. 우리는 햇살에 반짝이는 물비늘을 바라보며 양팔을 벌리고, 조금은 거센 풍욕을 즐겼다.

"여기 이걸 심어 놓으면 살아나?" (미스터 한)

"바보 같이…… 완전 바람 지나가는 골목인데." (원규 형)

"여기는 풀밭으로 둬야 되는데." (남준씨)

이야기를 듣고 보니 초록의 들판에 군데군데 무언가가 심겨져 있었다. 바람의 움직임에 따라 누운 가지는 바람에 흔들렸고, 금세라도 죽을 것 같았다. 요즘 매물도는 벌판에 자란 풀을 먹고 자라던 염소들을 없애고 미관을 위해 나무를 심은 것이다. 상주보 건설로 사과나무 밭의 80퍼센트를 강에 묻어버린 경북 상주의 도남 마을, 영어 도시 건설로 감귤나무를 다 뽑아버린 제주의 구억 마을. 한때는 마을 사람들이 '대학 나무'라 부르던, 마을을 가난으로부터 일으켜 세운 근대의 역사가 한순간에 뽑혀 사라져버리는 현실. 발전이라는 이름으로 소리 없이 사라져가는 것들이 너무도 많다. 누운 어린 묘목들을 바라보는 게 심기가 불편했던지, 작가들은 어서 돌아가자며 발걸음을 돌렸다. 남준씨는 언덕 위에 서서 바람을 즐기고 있다.

"남준 형은 통장에 관 값 이백만 원 넣어두고 사는 사람이야." (미스터 한)

1957년생 남준씨는 아직 미혼이다. 결혼도 하지 않고 자식도 없으니 죽어서 주변 지인들에게 민폐를 끼칠까 해서 통장에 관 값을 마련해두었단다. 관을 마련하고, 화장터를 사용하고, 찾아온 이들 술 한 잔 받아줘야 하고…… 그럼 이백만 원 정도 되겠지 싶어서 관 값으로 이백만 원을 정했다고 한다. 통장의 금액이 이백만 원이 넘치면 기부한다는 남준씨. 어쩌다 통장에 이백만 원이 넘쳐 기부할 돈을 찾아 봉투에 넣는 즐거움이 시를 쓰는 즐거움에 버금간다고 한다.

무덤 하나에
세계사가 있다

되돌아가는 길에 앞서가던 원규 형이 나무숲을 비집고 들어갔다. 엄마를 좇는 새끼오리처럼 졸졸졸 그를 따랐다. 바다를 바라다보며 무덤 하나가 봉긋하게 솟아 있었다.

"고즈넉한 곳에 잘 계시네. 배를 보고 계시네. 아들이 오나? 이렇게 손님들 왔는데 사탕이나 하나 주이소."

미스터 한이 무덤에게 인사를 건네며 주저앉았다. 바다가 바라다보이고 햇살이 따스하게 내려앉은 무덤가를 두 시인도 마음에 들어 하는 눈치다. 붉은 꽃을 매단 동백나무들이 무덤과 우리를 넉넉하게 감싸고 있다. 뽀로로롱, 새들이 무슨 재밌는 일이 있나 몰려든다.

"니체가 말했어. 무덤 하나에 세계사가 있다고. 물론 독일어로 말했겠지만." (미스터 한)

"무덤가에 오래 있으면 손이 싹 나와서 다리를 잡는다니까." (원규 형)

그들이 떠드는 사이 남준씨는 동백나무에게 다가가 꽃 한 송이를 따왔다. 조심스레 꽃과 꽃받침을 분리하자 꽃받침에 투명한 액체가 고여 있다.

"꽃에서 꿀이 떨어져서 고인 거야."

홀짝 마시니 향기롭게 달다. 양달에 있는 꽃보다 응달에 있는 게 꿀이 더 많이 나온단다.

"그거 꿀이 아닐 수도 있어. 저 영감이 침을. 하하." (원규 형)

"꽃과 나무를 사랑하자고? 사랑하니까 먹어버리자고?" (미스터 한)

남준씨의 섬마을 간식_ 동백꿀차 한 잔 take out

동백꽃 한 송이를 딴다.
이때 받침과 함께 따야 한다.
조심스레 꽃을 떼어내면 받침에 물이 고여 있다.
이것이 동백꿀차!
한 잔을 홀짝 마신다.
새들과 곤충의 먹이이기도 하니 욕심 부리지 말고 딱 한 잔!
그래도 그것이 주는 향기와 달큰함은 오래 오래 남는다.
양달에 핀 꽃보다는 응달에 핀 꽃이 꿀이 더 많다.

"이런 무덤가에는 소주 한 병이랑 오징어 한 마리 들고 오는 거야. 어르신 놀다가겠습니다, 인사하고 한나절 노는 거야. 졸리면 낮잠도 한숨 자고."

미스터 한은 무덤가놀이가 생각보다 괜찮다고 추천했다. 원규 형은 문득 삶이 팍팍하거나 슬프거나 쓸쓸하거나 외롭거나 절망적일 때 가장 가까운 누군가의 무덤을 찾아가라고 권했다. 잘 모르는 이의 무덤이라도 좋다. 그 무덤의 주인이 누구인지, 어떻게 살다 무슨 사연으로 죽었는지 알 수 없지만, (누구인지 모르지만) 무덤 앞에 소주라도 한 잔 올리고 큰 절을 하고, (또 누구인지 모르지만) 그에게 고해의 상담을 해보면 문득 알게 된단다. 무덤에서 집으로 돌아가는 길이 오던 길보다 더 환해지고, 지금 당장 무엇을 해야 할지, 설사 원수라 하더라도 가까운 이들을 위해 무엇을 해야 할지 마침내 알게 된다는 것이다.

시인이랑 연애는 최악의 궁합이야

무덤가에서 노는 작가들이 어릴 적 좋아했던 여학생 이야기를 꽃피웠다. 동백꽃과 새들, 눈앞에 펼쳐진 바다가 엿듣는 줄도 모르고. 미스터 한은 어릴 때 좋아하는 여학생에게 주려고 동백나무 잎으로 왕관을 만들었다. 하지만 결국 주지 못하고 자기가 신나게 쓰고 다녔다. 며칠 후, 여학생은 이미 왕관을 쓰고 있었다. 다른 놈이 먼저 줬던 것이다.

"그때부터 인생이 어긋나기 시작했어. 하하하."

웃고 있는 미스터 한의 눈빛에서 그때의 부끄러움과 순정이 전해지는 것 같다.

원규 형은 중학교 때 처음으로 연애편지를 썼다. 대필만 죽어라 해주다 처음으로 자신의 연애편지를 써서 동네 영희한테 전달을 부탁했다. 답장은 오지 않았다. 포도나무 밑 풀빵 집에서 만나자고 했는데 나오지 않았다. 훗날 시인이 될 중학교 2학년 남학생은 큰 상처를 받았다. 시간이 흘러 30년 만에 그 여학생을 만났다. 청주에서 화장품 대리점을 하는 아줌마가 되어 있었다. 그때 왜 답장을 하지 않았냐고 물으니 못 받았다고 했다. 영희가 전달하지 않은 것이었다.

"야! 네가 시인 될 줄 알았으면 네를 진짜 좋아했을 낀데."

화장품 대리점 아줌마가 말했다.

"아니야. 시인 된다 카면 벌써 도망갔을 거야. 하하."

원규 형이 말했단다. 이야기를 듣고 있던 미스터 한이 상황을 정리했다.

"시인이랑은 최악이지. 거의 종교인의 자세로 살아야 하니까."

꼬집히면
벙어리도 운다

"돌과 돌 사이에 애들은 애기장을 했어. 무덤을 안 쓰고. 풍장."

드디어 원규 형이 무덤가와 어울리는 으스스한 이야기를 꺼냈다. 핑크빛 첫사랑 이야기는 바다 멀리 사라졌다. 원규 형의 이야기가 이어졌다. 애기장은 야산에 음습한 데 있었다. 어릴 때는 해가 지면 문둥이가 간을 빼먹는다는 말이 제일 무서웠다. 어른들은 애들이 말을 듣지 않거나 늦게까지 놀고 다니면 산에 사는 문둥이한테 잡혀서 간을 빼먹는다고 겁을 주었다. 다른 곳은 다 귀신놀이 하러 갔는데, 그 산만 유독 겁이 나서 가지 못했다. 나병환자들이 간을 빼먹는 존재로, 즉 전염병으로 인식된 데에는 서정주의 시도 한몫했다.

문둥이

서정주

해와 하늘빛이
문둥이는 서러워
보리밭에 달이 뜨면
애기 하나 먹고
꽃처럼 붉은 울음을 밤새 울었다

"서정주 시에서 나병환자들을 비인격체로 묘사했잖아. 오늘도 '아이 하나 먹고 붉은 울음 밤새 울었다'라고. 그런 게 교과서에 딱 실리잖아." (원규 형)

"일본 놈들이 한센인들을 마을 뒷산에 격리시켜놓고 실험했잖아. 그 사람들을 격리시키기 위해 일부러 만들어서 퍼트린 이야기야. 사회의 공공의 적으로 만들기 위해서. 우리는 이럴 수밖에 없다는 식으로." (미스터 한)

"강제노동 시키려고." (남준씨)

"지식인들이 그거를 꿰뚫어봐야 하는데 그런 부탁을 받고 그런 시를 쓴 거야." (원규 형)

"완전히 나쁜 놈이지." (미스터 한)

이런 이야기들이 오가는 사이 미스터 한이 서정주와 김동리에 얽힌 에피소드를 들려주었다. 서정주와 김동리가 서라벌예대 교수로 재직했던 시절 이야기였다. 둘은 아닌 척했지만 팽팽한 라이벌이었다. 되도록이면 술자리를 함께하지 않았고, 설령 동석해야 하는 자리에서는 나란히 앉지 않았다.

"자기가 대장이어야 하는데 같이 앉으면 불편하잖아."

어느 날 두 사람이 나란히 앉아 술을 마시게 되었다. 아니나 다를까. 서로 자신의 장르가 낫다고 자랑하기 시작했다. 서정주는 소설을 쓰다 시로, 김동리는 시를 쓰다 소설로 온 경우였다. 서정주가 먼저 자랑을 시작했다.

"나도 소설을 써봤는데 시가 더 고급적이라 생각해서 시로 왔소."

질 수 없는 김동리,

"나야말로 시를 첨으로 시작했는데 시만으로는 부족한 게 있어 소설을 썼소이다."

기분이 좋지 않은 서정주,

"당신이 무슨 시를 썼어? 뭔 시를 썼는지 한 번 대보라고?"

김동리가 짧은 시의 한 대목을 읊었다.

"꽃이 피면 벙어리도 운다."

서정주는 감탄했다(서정주의 시 〈문둥이〉의 패러디였던 것이다).

"꽃이 피면 벙어리도 운다. 아, 정말 좋다. 당신이 시를 썼다는 걸 인정하겠소."

김동리가 마지막 한 방을 날렸다.

"잘 들으시오. '꼬집히면' 벙어리도 운다네."

그 술자리에 같이 앉아 있던 S시인이 듣고 전한 이야기란다.

시공간을 초월한 편지 이야기

두 사람의 이야기를 들으며 담배 한 개비를 맛있게 즐기던 남준씨가 주머니에서 보라색 사탕상자 같은 걸 꺼내어 그 안에 넣었다.

"옛날에는 십년 터울이라도, 이 사람이 괜찮은 사람이다 하면 친구하고 그랬어."

"위로 열 살, 아래로 열 살씩 친구를 하니까 한두 다리 건너면 스무 살 차이가 나. 친구라고 데려왔는데 아버지야." (미스터 한)

"옛날 양반들은 먹고 살 걱정이 없으니까 친구 만나러 가면 빨리 와야 한 달이야. 가는 과정도 좋고, 사랑방 내어주고 술상 차려주고. 실컷 놀다 들어와서 몇 년 뒤에 또 찾아가고." (원규 형)

"퇴계하고 기대승하고 편지 주고받은 거 보면 거의 나이 차이를 알 수 없어. 둘이 한 40년 차이 나는데 말이지. 거의 격이 없는 친구인데, 이건 뭐

연애편지야." (남준씨)

"다산 정약용 선생도 그렇잖아. 초이한테. 간절하게. 세상이 알아주는 사람이 고마우니까." (원규 형)

분위기가 진지해질세라 미스터 한이 또 다른 이야기보따리를 풀었다.

"정약전이 흑산도에 있을 때 동생 정약용이 강진에 있었잖아. 형제간에 편지를 많이 주고받았는데 참 눈물겨워."

옛날 지배 계급이 귀양을 가면 집에 편지를 보내곤 했다. 주로 '먹을 거 뭐 보내다오'라는 내용이었다. 영화나 드라마 속에서 보았던 청렴결백한 양반의 귀양살이치곤 인간적이라는 생각이 들었다. 정약용이 동생에게 보낸 편지에는 '육고기가 먹고 싶어 죽겠다'는 이야기도 담겨 있었다.

"근데 이미 집안이 절단 나서 먹을 게 없는 거야. 정약용 답장이 죽여. 형님! 들개 잡아먹는 법을 알려드릴게요." (미스터 한)

"스스로 해결하라 이거야? 하하." (원규 형)

"집 나가서 반 야생 상태로 떠돌아다니는 개들 있잖아. 동네 청년들이 '선생님, 개고기 맛 좀 보십시오' 가져온단 말이지. 옛날 사대부들이 개고기를 무지하게 좋아했거든. 애들이 보니까, 어디어디 개가 다니는 길목에서 개를 잡는 과정을 실학자들답게 설명을 잘해놨어. 몇 자 몇 치짜리 기둥을 두 개 세우고 덫을 이렇게 놓고 먹이를 그 안에 던져 놓으면 올가미에 개가 걸리는데, 요리법까지 자세히 써놨어. 동네 청년들이 개를 잡아 어떻게 피를 빼고 어떤 식으로 삶아서 해줬는데 아주 맛있었다고."

동생의 정성어린 들개 잡아먹는 법 레시피를 받은 형은 짧고 간단한 답장을 보내왔다.

"제기랄. 섬이잖아! 개가 없어. 너는 이 새끼야, 육지에 있으니까 개를 구할 수 있지만 섬에는 집에서 기르는 개 몇 마리가 전부야."

동생의 레시피를 읽으면서 육고기 생각에 침을 뚝뚝 흘린 형이 잔뜩 욕을 써서 보낸 것이다. 그러고 보니 당금 마을이나 대항 마을에서 개를 보지 못한 것 같다.

"편지질을 하면 소는 누가 키워."

미스터 한의 마무리에 모두들 한바탕 웃음을 터트렸다. 무덤 안에 누운 분도 시공간을 넘나드는 재미난 이야기를 들으며 모처럼 즐거운 오후를 보냈으리라.

소매물도에서
가장 아름다운 길

다시 선착장 근처까지 내려왔다. 마을 해녀들이 좌판을 깔고 해산물을 팔고 있었다. 날마다 관광객으로 넘쳐나는 소매물도의 해녀들은 물질을 그만두고 그들을 상대로 해산물, 김, 파래, 방풍나물을 팔기 시작했다. 직접 따러 나가는 것보다 파는 것이 이윤이 남기 때문이다. 주말에는 더 많은 관광객이 찾아오기 때문에 좌판을 접을 수 없다. 그래서 해녀들이 쉬는 날은 북쪽에서 서맛바람이 불어오기 시작할 때이다. 다음날 풍랑주의보가 내려질 것을 예측하고 아침 일찍 장사를 접고 충무에 나가 목욕을 하거나 미용실에서 머리를 하며 묵은 피로를 푼다. 그나마 요즘에는 쾌속정이 있어서 매일 같이 뭍으로 나가지만, 옛날에는 기껏해야 한 달에 한두 번 '장배'로 세상 구경을 할 수 있었다. '장배'란 장에 가는 배를 말하는데, 돛단배를 타고 노를 저어서 꼬박 하루를 가야 통영이었다. 섬에서 나갈 때는 고기 잡아서 소금에 절인 거나 미역 말린 걸 들고 갔다. 홍합을 많이 따서 삶은 뒤 꼬챙이에 꽂아서 한 배 싣고 나가기도 했다. 돌아올 때는 곡식 등을 싣고 오니까 이래저래 한 배 가득 싣고 오가야했다. 그렇게 시내에 나갔다가 바람이 심하게 불면 돌아오지 못하는데, 돈이 무서워 여관도 맘 편히 들어가지 못했다.

선착장에서 올라와 갈림길이 시작되는 지점에 나무로 만든 길안내 표지판이 서 있다. 왼쪽 남매바위 쪽으로 걷기로 했다.

"아이구야~ 남매바위. 공기꺾기 하다 잠깐 내려놓은 건데. 애하고 재하고 남매일까?" (원규 형)

남매바위에 얽힌 이야기는 이러하다. 먼 옛날 대매물도에 부부가 살았다. 소매물도에는 사람이 살지 않던 때였다. 가난한 어부였지만 금실은 좋았다. 하지만 아이가 없었다. 다행히 지긋한 나이에 그렇게 바라던 아이를 낳았는데 남매쌍둥이였다. 남매쌍둥이는 명이 짧아 일찍 죽는다는 속설 때문에 사내아이를 남겨두고 딸은 뗏목에 띄워 소매물도로 보냈다. 세월이 흘러 청년이 된 아들이 뒷산에서 나무를 하다 소매물도에서 하얀 연기가 피어오르는 것을 발견하고 뗏목을 타고 건너갔다. 그렇게 만난 여자와 사랑을 나누었다. 그 순간, 천둥번개를 동반한 폭우가 쏟아지며 둘 다 바위로 변해 천길 벼랑 아래로 굴러떨어졌다는 전설이다.

소매물도를 찾은 관광객들의 발길은 남매바위까지 이어지지 않는다. 우리는 남매바위를 지나 숲이 우거진 좁다란 절벽 길을 걸었다. 왼쪽으로는 가파른 절벽이 나 있고, 그 밑으로 끝을 알 수 없는 바다가 울렁거렸다. 한 걸음 한 걸음 내딛는 길이 가히 스릴 만점. 고소공포증이 있다면 쉽사리 내딛지 말 일이다. 중간에 돌아올 수도, 앞으로도 갈 수 없는 까마득한 상황이 벌어질지도 모른다. 가면 갈수록 길은 좁아지고 험해지더니 바위절벽에서 아예 끊기고 만다. 그래도 용기 내어 도전하고 싶다면 왼쪽에 펼쳐진 절벽 아래에 눈길을 주지 말고 앞사람 머리만 보고 걷기를 바란다.

"이런 길은 주민들이 낚시하고 갯것 하러 다닐 때 다니는 길이야." (미스터 한)

주민들과 염소만 아는 길, 관광객들의 발길이 미치지 않은 곳은 자연이 그대로 살아 있다. 원규 형은 소매물도에서 가장 아름다운 길로 이 길을 손꼽았다. 사그락 사그락 나뭇잎 밟는 소리와 바람소리로 가득 찬 벼랑숲 길. 앞서 가던 남준씨는 늘어지거나 통행에 방해가 되는, 그리고 눈을 찔러 위

험할지도 모를 가지를 뚝뚝 끊어준다. 그 절벽 길의 끝, 우리는 벼랑에 둥지를 튼 새처럼 자리를 잡았다. 담배 한 모금, 바다의 절경.

"소매물도 주민들이 다니는 가장 전형적인 길이야. 고기다운 거 낚으려면 이런 곳으로 와서 잡는 거지."

미스터 한의 말에 고개를 끄덕이며 자리를 털고 일어났다.

귀한 손님,
우리가 여기에 온 이유

묵묵히 앞서가던 남준씨가 호들갑을 떤다. 시인의 손가락 끝이 가리킨 곳에는 분홍색 동백꽃이 피어 있다. 붉은 동백은 흔하지만 가끔 변종 색이 다른 동백꽃이 있단다. 흥분한 시인은 카메라를 꺼내 사진을 찍었다. 연신 싱글벙글. 소매물도를 여행하는 동안 남준씨는 꽃, 미스터 한은 물고기, 원규 형은 길, 나는 쉴 새 없이 떠드는 세 남자에게 집중하고 있다. 처음에는 어색하다 싶었던 조합인데, 막상 함께 길을 나서니 이보다 좋은 여행 동반자는 없을 것 같다. 함께 오길 잘했다는 생각.

"오늘 귀한 손님을 만났다."

남준씨는 분홍동백을 사진에 담고 가던 길을 다시 잇는다.

"더 가다보면 올 칼라 동백꽃 보는 거 아냐?" (원규 형)

사진을 찍고 조금 더 가다가 이번에는 더 크게 소리를 질렀다. 원규 형 말대로 올 칼라 동백이 등장한 것일까?

"우리가 여기에 온 이유가 있다"

남준씨는 '오! 주여'를 외치며 눈물이라도 흘릴 것 같은 감격으로 말을 잇지 못했다. 거문도에 한 그루 있다가 뿌리 채 뽑혀 실종되었다는, 신령스럽다고 소문난 백동백과 만난 것이다. 남준씨는 물론 우리까지 감격에 겨워 사진을 찍느라 정신이 없다. 나는 떨어진 꽃들 가운데 몇 송이를 주워 가방에 넣었다. 자리를 뜨기 전 남준씨의 단호한 외침.

"가져갈 거 빼곤 다 묻어."

사람들의 눈에 띄면 백동백은 사라지고 만다는 말씀. 그럼 이런 아름다움을 함께 나눌 수 없게 된다. 지금도 소매물도 어딘가에는 백동백과 분홍동백이 있다. 남준씨처럼 꽃을 사랑하고 자연을 벗 삼는 사람에게만 보일 것이다.

"풀이 눕는다."

누가 먼저랄 것도 없이 운을 떴는데

"바람보다 더 빨리 눕는다. 바람보다 더 빨리 울고 바람보다 먼저 일어난다."

이어지는 합창. 그렇다. 지금 우리는 기분이 좋다.

섬사람들의 DNA에 들어 있는 것

우리는 저녁밥 대신 해산물을 안주 삼아
술 한 잔을 하기로 했다.
산책을 마치고 민박집으로 돌아오는 길,
선착장 해녀에게서 산 해산물이
바구니에 가득 담겨 있다.
우리는 여전히 백동백을 만난
흥분에 들떠 있었다.
남준씨는 이번 여행 중 가장 예쁜 표정을 지으며
기분이 좋다는 것을 마음껏 드러냈다.
나는 주워온 세 개의 꽃송이들을
오래 보관하는 법을 궁리했다.

이때, 미스터 한이 난데없이 UFO 이야기를 들려주었다.

1981년의 일이다. 당시 미스터 한은 부산 사상구 어딘가에 살고 있었다. 어느 날 밤 갑자기 창밖이 환해졌다. 창문을 열어보니 빛나는 괴비행체가 내려 앉아 있더니, 금세 떠서 사라졌다.

"주택가 사이에 풀이 있는 공터에 UFO가 착륙했던 거야. 목격자가 많았어. 9시 뉴스에도 나왔으니까."

다음날, UFO를 연구한다고 설쳐대는 팀들이 동네로 몰려왔다. 그런데 풀이 수북이 자라 있던 공터에 풀이 하나도 없었다.

"사람들이 캐 간 거야?" (원규 형)

"약에 쓴다고. 그것까지 뉴스에 나왔어. 그 사람들 그거 먹고 어떻게 됐나 몰라. 안드로메다로 갔는지. 하하." (미스터 한)

"그러니 백동백도 어디에 있다고 알려주면 안 돼. 다 가져간다고. 소매물도 어딘가에 백동백이 산다. 이렇게만 힌트를 주자고." (남준씨)

내가 소매물도의 백동백이 사는 곳을 더 이상 쓰지 못하는 이유는 여기에 있다.

네가 쓴 물은
죽어서 다 먹어야 해

'목욕탕에서 수건 두 장 쓰는 놈, 물 틀어놓고 면도하는 놈.'

남준씨가 세상에서 제일 꼴 보기 싫어하는 놈들이다. 물을 틀어놓고 세수하거나 면도하는 사람이 있으면 슬며시 가서 수돗물을 딱 잠근단다. 그러면 상대가 누구든 신경질 난 얼굴로 쏘아본다.

"물을 아껴야죠."

남준씨는 진지하게 대꾸하고 자리로 돌아온다. 옆자리 앉은 놈이 물을 틀어놓고 자리를 뜨면 바로 물을 잠근다. 시인은 지금도 눈앞에 누군가 물을 틀어놓고 춤이라도 추는 듯 흥분해서 말했다.

"우리나라 사람들은 자기 것이 아니면 너무 함부로 대해. 이런 나라가 아직도 안 망하고 있는 게……."

"걱정 마. 곧 망해."

남준씨는 미스터 한의 말에 조금씩 안정을 되찾는 표정이다.

"우리가 어릴 적엔 물을 너무 안 써서 문제였어. 여름이 아니면 1년에 목욕을 안 했잖아." (원규 형)

"어렸을 때에는 물을 길어 와서 썼잖아. 우리 집이 샘집이었어." (남준씨)

"중요한 집이지. 포인트." (원규 형)

남준씨 동네에는 아랫샘, 윗샘이 있었다. 아랫샘은 먹을 수 없는 물이고 가물면 말라버리는 '헛샘'이었다. 남준씨네 집에 있는 윗샘은 먹을 수 있었고 마르지도 않았다. 샘집이었건만, 남준씨의 할머니는 언제나 딱 한 바가지만 주었단다. 그 물로 세수하고 이 닦고 발 씻으라고 했다.

"할머니, 한 바가지 더 주세요. 우리 집은 샘집이잖아요."

어린 남준씨는 할머니에게 투정을 부렸다. 그때마다 할머니는 늘 한결같았다.

"네가 허투루 쓴 물은 나중에 죽어서 용왕님한테 가면 다 먹어야 돼!"

어린 남준씨는 할머니 말이 무서워서 한 바가지로 세수하고 양치질 하고 발을 씻었다. 그러니 물을 아끼는 시인의 자세는 어릴 때부터 몸에 밴 것이었다.

"DNA에 들어 있어."

미스터 한은 섬사람들이 물을 절약하는 정신은 날 때부터 타고 난다고 했다. 소매물도는 물이 부족하지 않은 섬이었다. 하지만 펜션이 늘어나고 관광객들이 많이 찾은 후부터 물 부족을 겪고 있다.

그날 밤, 나는 머리를 감지 않고 한 바가지로 세수하고 이 닦고 발 닦기를 해보았다. 씻는 것을 좋아하는 내가 매일 이렇게 할 수는 없겠지만, 섬에서 머물 때만큼은 그렇게 해야 한다는 생각이 들었다. 샤워기도 틀지 않았다. 샤워기를 트는 순간, 잠들었던 남준씨가 벌떡 일어나 욕실 문을 열고 들어와 물을 잠글 것만 같았다. 그리고 아주 진지한 표정으로 말하겠지.

"물을 아껴야죠."

그리움의

대상은

언제나 사람이야

낮에 잠시 만났던 이장님과 민박집 주인 홍반장이
야심한 밤에 우리를 찾았다.
양손에 해물파전과 약간의 술을 들고 있었다.
약간 취기가 올랐던 우리는
과도하게 그들을 환영하며,
우리의 밤에 끌어들였다.

1977년생 미남 이장은 소매물도에서 나고 자랐다. 소매물도의 과거가 궁금해 이것저것 묻다보니 자연스럽게 그의 유년시절 이야기가 흘러나왔다. 초등학교 시절, 언덕 중턱에 있던 학교에서 공부하고 있으면 창 너머로 해녀복을 입은 어머니가 쓰윽 지나가는 게 보였다. 그런 날이면 하루 종일 공부가 안 됐다. 섬 앞쪽에 파도가 치는 날이면 어머니는 언덕을 넘어 섬 뒤쪽으로 물질을 하러 갔기 때문이다.

"제가 장남이잖아요. 어머니들이 해녀복을 입고 지나가면 죽는 거예요. 하루가 근심이었죠. 저기서 딴 성게를 어떻게 지고 올까 걱정이 되어서……."

기껏해야 초등학생밖에 안 되는 어린아이가 섬 뒤쪽 바다에서 성게를 따서 지고 올 어머니가 걱정이 되었던 것이다. 뒤편에서 잡은 해산물을 몽땅 지고 가파른 경사길을 돌아와야 했으니 그럴 만도 하다. 어머니가 물속에 달고 들어가는 납의 무게만도 10킬로그램이었다. 물질만 하는 것도 힘든데, 하루 종일 물질하고 잡은 것들을 이고 오는 생각을 하면 공부가 하나도 안 됐던 것이다. 수업을 마치기가 무섭게 집에다 가방을 던져 놓고 아버지 지게를 들고 언덕을 넘어갔다. 아버지야 어차피 시내로, 바다로 떠도는 사람이었다.

"동생은 납덩이 메고, 어머니는 고무옷 이고. 난 장남이라고 가오가 있잖아요. 다 실어! 큰소리치는 거죠."

어머니는 어린 아들이 지고 갈 것은 생각하지 않고 힘닿는 데까지 성게를 땄다. 초등학생 아들은 성게 한 망태기를 지게에 싣고 오르막길을 기어 올라갔다. 그렇게 학교까지 기어 올라가면 밤도 아닌데 눈앞에 별이 반짝였다. 내려갈 길은 더욱 암담했지만 '가오'가 있으니 내색조차 할 수 없었다. 내리막길에서 지게를 등에 메고 가면 지게다리가 종아리에 탁탁 걸리기 때문에 가슴 쪽으로 메야 했다. 조금만 중심을 잘못 잡아도 앞으로 처박히니까 뒤로 걸어 내려갔다. 올라갔던 길을 지게를 앞으로 메고 거꾸로 내려오는 것이었다(소매물도 길이 얼마나 길고 가파른지 상상이 되지 않을 것이다. 다음날 아침, 나는 그 길을 지나 등대섬에 다녀왔다. 짐도 없이 걸었건만, 두어 번은 쉬어야 했고, 가파른 내리막길에서 엉덩방아를 찧었고, 헉헉, 쉴 새 없이 마라토너처럼 숨을 헐떡였다). 그렇게 집으로 돌아와서 해지기 전에 후다닥 밥을 해먹었다. 하루에 전기가 공급되는 시간이 세 시간 뿐이었다. 밥을 먹고 나서는 촛불 켜놓고 성게를 깠다.

"최고 쉬운 껍질 까는 일은 동생 시키고, 내가 똥 발라내고, 어머니는 딱성게 알만 골라내고. 그거 다 까고 정리하면 새벽 3시예요."

다음날 아침, 학교에 가기 싫어 죽겠는데 일어나지 않을 수 없었다. 선생님이 집으로 찾아왔다. 섬에서 제일 아래에서 살았던 선생님은 학교로 올라가는 길에 집집마다 들려 전교생을 모두 데리고 학교로 올라갔다.

"그래도 저는 제일 유리했어요. 집이 제일 꼭대기에 있으니까요. 그것도 모자라서 점심 먹으러 집에 내려가곤 했어요. 학교종이 땡 하면 온 동네에 다 들렸어요. 섬에서 사니까 언뜻 봐도 사면이 바다인데, 왜 삼면이 바다인지 이해가 안 되는 거예요. 그래서 지리가 빵점입니다. 하하~"

전교생이 모두 합쳐 일곱이었는데, 아침이면 일곱의 손가락이 전부 보라색으로 물들어 있었다. 새벽까지 성게를 깐 것은 어린 이장만이 아니었던 것이다.

가능하면 지켜줘야 할
남준씨의 시크릿

"여기가 불알 빠진 데야? 하하." (원규 형)

원규 형이 배를 잡고 쓰러졌다. 보라색 손가락을 한 일곱 아이에게 마음을 뺏긴 남준씨는 아무도 묻지 않은, (여자인) 내게는 민망한 고백을 늘어놓았다. 오전에 걸었던 대항 마을 산책길. 신촌에서 홀로 사는 할머니 댁에 있는 소나무 지게를 메어보며 남준씨는 아픈 회상에 잠겼었다.

"나, 지게 지다가 불알 빠진 적 있어."

침울함 반, 부끄러움 반, 커밍아웃을 하고 아픈 기억으로부터 걸어나왔다. 놀라운 건, 그 사건이 벌어졌던 곳이 바로 '소매물도'였다.

남준씨는 20여 년 전 소매물도를 찾았던 기억을 더듬었다. 삼십대의 풋풋했던 시인은 또래 친구들과 6박 7일간 소매물도에 머물렀다. 학교 너머의 너른 벌판에 텐트를 친 후, 바다에 나가 고기를 잡고 노래를 부르고 시도 읊는 즐거운 날들이었다.

"아까 마을을 산책하다가 학교 가는 길로 올라가고 싶었어. 그런데 줄을 쳐놨더라고. 갈 수야 있지만 막아 놓은 길은…… 그래도 나는 지리산에 살잖아. 가능하면 지켜줄라고 안 갔지." (남준씨)

"우리는 막아 놓으면 더 가고 싶어." (미스터 한)

점심나절 산책길에서 남준씨는 바람의 언덕을 지나 학교 가는 길로 올라가고 싶었던 것이다. 그런데 그 길은 '접근금지'를 의미하는 줄이 쳐 있었고 우리는 갔던 길을 되돌아왔었다. 이장에 따르면 남준씨가 찾던 길은

자신이 어릴 적 등대섬으로 가던 길인데, 지금은 워낙 사람이 안 다니고 태풍에 깎이다보니 길이 사라졌단다. 지금은 등대섬으로 가는 길은 오직 하나뿐이다.

"저 아래서부터 올라오는데 요 분교 와서 불알이 빠졌어. 지게 지고 올라오느라."

다시 삼십대 남준씨 얘기. 6박 7일 동안 잘 놀던 일행들은 돌아갈 짐을 챙겼다. 그런데 자신들의 짐만 챙기고 쓰레기는 버려둔 것이었다. 이에 분개한 시인은 6박 7일 동안의 쓰레기와 짐을 전부 지게에 지었다. 어린 이장이 성게 한 망태기를 지게에 지고 기어오르던 그 길을 시인은 쓰레기더미를 지고 올랐던 것이다. 마침내 분교에 다다랐고, 친구들이 쉬었다 가라고 했지만 화가 난 시인은 오기를 부리며 그냥 내려갔다.

"어찌나 슬프던지. 어떻게 너희들이 그럴 수 있냐."

그날의 기억에 잠긴 시인의 눈빛이 슬퍼졌다. 삼십대의 남준씨는 지게를 지고 내려와 쓰레기를 배에 실었다. 그런데 배를 타고 가는데 갑자기 시인의 오른쪽 불알이 붓기 시작했다. 시인은 주먹 하나를 내보이며 이만큼 부었다고 강조했(지만 나는 이 부분에서 그만 고개를 돌리고 말아서 자세한 크기는 보지 못했)다. 시인은 삼척의 병원으로 실려 가고 말았다.

"이장님, 좀 새겨들으십시오!"

미스터 한은 열사라도 된 듯 장엄하게 서문을 열었다.

"지금으로부터 20년 전, 소매물도의 쓰레기더미를 치우다가 말문을 잃고 생산이 안 되는 사람, 소매물도를 살리겠다고 불알까지 빠진 사람, 마을 차원에서 시비라도 세워줘야 하는 거 아닙니까? 시비 말고 불알비!"

남준씨는 대항 마을에서 펄쩍 뛰었듯이 다시 한 번 펄쩍 뛰었다. 우리는 남준씨의 비밀을 가능하면 지켜주기로 했다. 시인이 이 부분을 읽다가 다시 한 번 펄쩍 뛸까 걱정되지만, 독자들도 가능하다면 지켜주리라 믿는다.

"내일 찾으러 가야지. 잘 말라 있겠다. 내일 가자. 20년 만에 찾는 건데."

(미스터 한)

여행자와 관광객의 차이

매물도의 아이들은 중학교 모자를 쓰는 순간 이별이었다. 매물도에는 초등학교 분교가 전부였기에 통영으로 나가야 했다. 어린 이장도 초등학교를 졸업하고 통영으로 나갔다. 통영에서 고등학교를 다니던 그가 다시 섬으로 들어온 것은 부모님 때문이었다. 오래 전, 소매물도 사람들은 육지의 한 사업가에게 땅을 팔았다. 자기 땅을 팔고 그 땅에 세 들어 살고 있던 것이다. 게다가 이장의 부모님은 말을 하지 못하는 벙어리였다. 어머니는 해녀였고, 아버지는 선원이었다. 땅주인들은 말이 통하지 않는 이장 부모님을 유독 못살게 굴었다. 말을 할 수 없는 부모는 수화로만 소통이 가능해서 전화로 말하는 게 불가능했다. 그렇게 가슴에 한을 쌓아두다가 방학이 되어 아들이 돌아오면 온몸으로 하소연을 했다. 땅주인은 그가 들어오면 잘해주는 척했다. 그러다 보니 방학이 끝나 통영으로 나가도 부모 걱정에 공부가 되지 않았다. 결국 다니던 고등학교를 자퇴하고 섬으로 들어왔다.

"부모님 괴롭히는 사람한테서 내가 울타리가 되어야겠다 했어요." (이장)

말을 못하는 부모님의 울타리가 되기 위해 홀로 귀향한 효자는 부인과 자식이 있는 부산과 통영, 소매물도를 오가며 살고 있다. 지금은 부모뿐만 아니라 원주민들의 울타리가 되어주고 있다.

민박집 주인인 홍반장은 섬을 떠나고 싶었다. 청년시절 섬과 육지를 들락날락하며 세월을 보냈다. 그러다가 아버지가 덜컥 돌아가셨다. 홀로 남은 어머니와 중풍으로 누워 계신 할머니가 말했다.

"우리 죽으면 나가라. 살아생전엔 못 나간다."

평생 배를 타고, 바다만 보고 살아온 사람들이었다. 육지의 아파트에 가면 엘리베이터도 탈 줄 모르는 사람들. 홍반장은 할머니와 어머니의 말에 할 수 없이 섬으로 들어와서 살기 시작했다. 할머니는 돌아가시고 명절 때도 어머니와 둘 밖에 없다. 이제는 조카들도 컸다고 오지 않으려 한다. 그나마 명절 때는 고향을 찾는 친구들을 만날 수 있다. 그 외에는 친구들과 만나지도 못한다. 젊은 사람들에게 섬이란 그런 공간이다. 그래도 섬을 찾는 사람에게는 최선을 다한다. 옛날에 서울에서 오신 분들이 자기 집에서 민박을 했는데, 우연찮게 농어 큰 놈을 잡아서 함께 먹고 하룻밤 묵게 해준 적이 있었다.

"내가 매일 낚시를 다니니까, 대접할 거라곤 회밖에 없으니까."

나중에 그 분이 서울의 유명 병원 원장이라는 것을 알았다. 오랜 시간이 지난 어느 날, 조카가 화상을 크게 입었다. 그때 원장님이 주고 간 명함이 생각나서 전화를 걸었다. 원장님은 반색을 하며 접수도 필요 없이 바로 치료를 해주었다.

"우리가 병원 가서 푸대접 받는 건 농어를 안 먹였기 때문이야." (미스터 한)

홍반장은 노모와 함께 마을 구판장을 운영하면서 민박을 겸하고 있다. 섬에서 4대를 이어 살고 있는 세대이고, 마을에서 유일하게 땅을 팔지 않은 집안이기도 하다.

"인생이란 모든 것을 주고받는 거지. 그래도 여행지에서 주고받는 건 남다르지." (남준씨).

"이 동네만 해도 펜션에서 자고 간 사람은 집주인하고 아무것도 형성이 안 돼. 지리산도 마찬가지야. 콘도나 펜션 같은 데서 잔 사람들은 그냥 깨끗한 방에서 자고 간 것뿐이지. 지리산 냄새도 못 맡고 가." (원규 형)

"관광객과 여행자를 구분하는 건 간단해. 10분 이상 주민과 대화를 나누었느냐가 그것이야. 여행과 관광은 천지 차이야. 여행은 다음에 와서 할머니가 안 보이면 슬퍼서 우는 거야. 여행은 사는 방식이 다르고 낯선 곳이지만 인생의 깊은 지점을 소통하며 미세한 교류를 나누는 거야. 관광은 방관이지. 예쁘네, 이게 끝이야!" (미스터 한)

어느덧 술자리도 마무리 되고 홍반장과 미남 이장님이 돌아가려고 할 즈음, 남준씨가 시집에 사인을 해주었다. 이장님은 생애 처음으로 작가의 사인을 받아본다고 했다. 나는 두 사람을 배웅하며 밤하늘의 별을 찍기 위해 밖으로 나갔다. 남준씨가 말했다.

"별 찍지 말고 우리를 찍어. 우리가 다 별이야. 그리움의 대상은 언제나 사람이야."

넷째 날

드디어 몽돌 길이 열렸다. 우리는 몽돌 길을 건너 등대섬에 다다랐다. 해녀 한 분이 작업을 마치고 물 밖으로 나오고 있었다. 우리는 부러 등대가 있는 곳까지 오르지 않았다. 이쯤 봤으면 됐지. 헤어지고 싶을 때 헤어지기. 우리의 여행도, 삶도, 그러하기를.

이른 아침
등대섬을
찾아서

덜그럭덜그럭 소리에 놀라 일어나보니
미스터 한이 설거지를 하고 있다.
지난 밤, 거실에서 먹고 마신 잔해들도
이미 말끔히 치운 상태다.
내가 부스스한 얼굴로 손을 걷어붙이자,
"응, 괜찮아, 괜찮아. 천천히 준비해."
설거지를 하던 그가 등을 돌려 웃었다.
아, 이렇게 달콤한 아침 인사가 또 있을까.

남준씨와 원규 형은 아직 '방콕'이다. 문가에 다가가니 둘이 도란도란 이야기를 나누는 소리가 들려왔다. 그들의 아침 수다를 방해할 순 없다. 술자리를 마무리하던 새벽녘, 소매물도에서의 마지막 날이니만큼 아침에 일어나 자유롭게 등대섬에 다녀오자고 했었다. 단, 체력이 허락하는 사람만, 가고 싶은 사람만, 일찍 일어날 수 있는 사람만. 아침 9시에 등대섬으로 가는 몽돌길이 열린다고 하니, 8시에는 길을 나서야 했다. 설거지를 미스터 한에게 맡기고 바가지에 물을 받아 세수와 양치질을 마쳤다.

"같이 가실래요?" (나)

"그려. 가자, 가." (미스터 한)

이렇게 우리는 단 둘이 등대섬을 찾기로 했다. 오늘은 어제보다 날씨가 더 좋다. 아, 행복해.

우리 아이,
등단 좀 시켜주소

이른 아침 등대섬 가는 길은 한적했다. 소매물도는 대매물도에 비해 면적은 훨씬 작지만 대부분의 관광객들은 소매물도만 찾는다. 소매물도의 명물 등대섬을 찾기 위함이다. 이른 아침 섬은 주민과 하루 숙박을 한 사람들이 전부라 한적하기 이를 데 없다. 매물도를 찾는 대부분의 관광객들은 점심 때쯤 배를 타고 들어와 점심을 먹고 등대섬에 갔다가 저녁이 되기 전에 돌아간다. 섬에서 나는 나물과 미역 등을 모두 뜯어가고 쓰레기만 남긴 채

돌아가는 그들이 오래 머물지 않는다는 게 다행이지만, 한편으로는 경주를 하듯 언덕을 넘어 등대섬만 보고 가는 건 어쩐지 아쉽다. 마을은 좁은 비탈길을 중심으로 왼쪽은 지은 지 얼마 되지 않았거나 현재 짓고 있는 펜션들이 주를 이루고, 오른쪽은 원주민들의 생활 터전으로 이루어져 있다. 어젯밤 이장님의 말씀.

"소매물도 주민들은 발전기가 재산이에요. 내가 전기제품 하나 더 쓰면 저기가 무리가 가잖아요. 그게 신경 쓰여서 가전제품을 못 넣는 거예요. 나 하나 때문에 발전기에 무리가 가서 고장이 나면 모든 주민들이 피해를 보니까요. 근데 펜션은 그런 거 신경 안 써요. 내가 전기 양을 늘리면 통영시에서 부풀려주겠지, 라고 생각해요. 생각이 아예 틀린 거죠."

생각의 차이처럼 풍경도, 흐름도 자연스레 경계가 나뉘는 듯하다. 언젠가 열 손가락으로 꼽힐 수 있는 옛집들이 사라지면 매물도는 어떤 모습으로 변해 있을까. 언덕을 오르다보면 길가에 나물이나 김 등을 파는 할머니들의 좌판이 자리한다. 경사가 만만치 않아 벌써부터 땀이 났다. 우리는 등대섬 가는 길에 위치한 학교를 먼저 찾았다. 어젯밤을 함께 보낸 이장님이 다녔던, 밤새 성게를 까고 보라색으로 물든 손을 한 일곱 명의 아이들이 다녔던, 그리고 남준씨의 불알이 빠졌던 그곳이다. 이미 폐교된 지 오래되었지만, 옛 모습을 고스란히 간직하고 있었다.

이장님의 말씀. 언젠가 한 대기업에서 매물도에 평면 텔레비전을 기증한 적이 있었단다. 텔레비전이 도착한 날, 마을 주민들은 모두들 놀란 입을 다물지 못했다.

"다들 그렇게 큰 텔레비전은 첨 본 거죠." (이장)

결국 마을에는 둘 곳이 마땅치 않아, 여덟 명이 이고 이 학교까지 올라왔다. 하지만 학교도 마땅한 공간이 없어 결국 다시 돌려보내야 했다.

"그래 큰 걸 가지고 와서 들고 왔다 갔다, 인건비만 40만 원 들었어요." (이장)

실제로 우리가 본 초등학교는 평면 텔레비전을 놓지 못할 만큼 아담했다. 미스터 한과 잠시 쉬어가기로 했다.

"섬마을 아이들은 다 효자야."

늘 생사의 갈림길로 나서는 부모, 그 길에서 죽음의 길을 택한 이웃과 함께 자라나는 아이들. 그건 미스터 한도 마찬가지였다. 그가 거문도를 떠나 살다가 2006년 돌아간 이유는 혼자 남은 '외할머니' 때문이었다. 거문도에 다시 정착하고 며칠 후, 외할머니가 함께 어디에 가자고 하시더란다. 외할머니와 함께 도착한 곳은 누군지는 알 수 없었지만, 조상의 묘였다. 외할머니는 미리 챙겨온 과일 몇 쪽과 술 한 잔을 따라 대접하고는 한참 동안 넋두리를 하셨다. 그리고 마지막 인사를 전했다.

"우리 아, 등단 좀 하게 해주소."

미스터 한이 등단한 지 20년이 되던 때였다.

"어디서 작가가 등단을 해야 돈을 번다고 주워들으셨나봐. 하하."

매물도
문학 교실
(소설)

"10년 전만 해도 소설가 평균 수명이 최하위였어. 61.4세.

시는 석 줄만 쓰고 시라고 우기면 되는데

소설은 아니잖아.

그런데 요즘은 자살과 요절이 많이 없어졌어.

67세 정도까지 올라갔지."

학교를 지나 언덕을 넘었다.

미스터 한의 이야기는 '소설'로 향했다.

"대부분 시인들의 안테나는 자신의 고통으로 가 있어. 자신의 고통에 민감하고 자신의 고통에 대해 이야기하는 장르가 시거든. 소설가의 안테나는 타인에게 가 있어. 주로 남 이야기를 하지."

가난과 외곽으로 상징되는 변방의 삶을 그린다는 평을 받는 미스터 한. 의미를 잃은 시대에 소설가로 살아가는 그의 소설론은 계속되었다.

"도시에서 살기 때문에 욕망과 만나고, 그렇기 때문에 우울하고, 우울하기 때문에 어지간한 책임은 피할 수 있는 소설이 대부분이야. 물론 군중 속의 고독도 사람의 일이라 작가가 손을 뻗어야 해. 하지만 너무도 많은 소설가들이 어두운 카페로 걸어 들어갔어. 개인의 우울이 사회의 비참보다 더 크고 강렬해져버렸어. 그걸 문학적이래."

미스터 한은 '문학을 키우는 것은 비문학적인 것이라고 믿는다'고 힘주어 말했다. 우리의 발걸음도 힘을 주지 않으면 미끄러지는 내리막길로 향했다.

step 1.
진지함과 경박함의 경계에 있을 것

미스터 한은 정말 유쾌한 사람이다. 이야기꾼의 본능에 번뜩이는 유쾌함이 가미되어 쏟아지는 말들은 구술이라도 해서 간직하고 싶을 정도다. 매물도를 여행하는 내내 그의 특별한 유쾌함 덕분에 쉴 틈 없이 웃었다. 그의 소설집 고이 접힌 날개 속 사진으로는 도저히 상상이 안 되는 발랄함과 경쾌함이 그에게 숨어 있었다. 그렇다고 그의 언어가 가볍다는 건 아니다.

한 구절, 한 구절이 메타포를 품은 시와 같고 꿈틀꿈틀 생명력 넘치는 갓 잡아올린 물고기 같다.

"진지함을 최대한 경계해야 해. 경박해서도 안 되거든. 둘 사이의 거리를 유지할 수 있는 가장 좋은 방법이 유머러스와 위트야."

그는 소설가란 모름지기 유머 있고 위트 있는 사람이 되어야 한다고 말한다.

"내가 종종 웃긴 말을 하잖아. 나도 전혀 할 줄 몰랐어. 젊었을 때 쓸데없이 진지하기만 했거든."

그렇게 진지했던 시절, 문득 '진지한 말은 사람을 괴롭힌다'는 진리를 깨닫게 되었다. 진지한 말이 다른 사람과의 관계를 부자연스럽게 만들고 때로는 상처까지 안겨준다는 것을 알았다. 그리고 스스로 원칙을 만들었다.

"딱 두 가지 경우를 제외하곤 입을 다물기로 했어. 내가 몰랐던 의미를 일깨워주는 말이 있어. 우리가 무언가 듣다가 귀에 쏙 들어오는 말들. 아, 왜 저 생각을 못했지? 이런 새로운 의미를 일깨워주는 말. 근데 그런 건 일 년에 한두 번밖에 안 되거든. 그 다음이 위트와 유머더라고. 사람을 가장 괴롭히지 않는 말이 유머와 위트야."

기고만장한 상태에서 온갖 교훈과 과도한 메시지, 훈계와 훈육을 하기보다 우스갯말이라도 함께 웃는 게 낫다는 얘기였다. 내가 전할 수 있는 교훈과 훈계는 누구나 이미 알고 있다는 것, 아무리 옳은 말이라도 사람들이 듣기 싫어한다는 것을 잊지 말라는 것이다.

"창작하는 사람은 위트가 밑바탕에 깔려 있어야 해. 그렇게 되면 좀 더 멀리 떨어져서 사물을 바라보게 돼. 과도한 책임감에서도 벗어나게 돼."

step 2.
독자가 헤엄칠 수 있는 공간을 줘야 한다

내리막길을 내려가다 급기야 엉덩방아를 찧고야 말았다. 몇 차례 휘청휘청했던 터라 놀랍지는 않았다. 그 모습을 보며 미스터 한이 배꼽이 빠져라 웃어댄다. 아무래도 나는 언어적 위트보다 몸 개그를 배우는 편이 빠를 것 같다.

"좋은 작품은 독자가 이야기 안에서 놀고 헤엄칠 수 있는 공간이 있어. 근데 우리는 그것까지 다 만들어주려고 해. 그건 위험해."

미스터 한은 말한다. 독자들은 우리가 생각하는 이상으로 '적극적'인 존재들이라고. 그들은 자기 역할이 없으면 금세 지루해하고, 작가가 그 역할을 다해버리면 굉장히 짜증을 낸다는 것이다. 세상에서 가장 지루한 것이 결혼식 주례사이듯, 나도 할 수 있는 말을 작가가 써놓으면 읽지 않는다는 것이다.

"내가 잠깐 놓치고 있었던 것, 내가 시각적으로 보지 못하는 것, 독자는 그걸 보고 싶어 해. 작가는 그걸 그려줘야 해."

step 3.
문장은 마른 붓과 같아야 한다

"젖은 붓은 오히려 글씨를 쓰기가 쉬워. 그러나 넘치지."

문장은 마른 붓으로 쓴 것과 같아야 한다. 상황을 담담하게 전달하는 언어와 고통을 견디는 자세가 아픔을 더 크게 보여주듯이, 이를 악물고 웃음을 참는 자의 얼굴이 좌중의 웃음을 유발하듯이, 언어는 냉정하게 정돈된 것이라야 한다. 소설 『비밀노트』의 단문처럼.

미스터 한,
그의 소설의
양식은 바다

아직 물이 덜 빠져서 몽돌 길에 파도가 넘실거렸다.
좀 기다려야 했지만,
먼저 온 사람들이 신발을 벗고 건너가기 시작했다.
우리는 갯바위에 자리를 잡고 앉아 이야기를 이어갔다.
"우리나라에는 해양문학이 없어. 대륙만 있는 나라니까."
바다를 소설의 양식으로 삼고 있는 미스터 한은 답답했다.
배를 타고 대양을 건너보고 싶었고,
앞 세대들이 생존을 위해 항해했던 루트를 밟아보고 싶었다.
그렇게 대양 너머 자리한 항구와 지구의 표면을
움직이는 이들을 만나보고 싶었다.

아예 선원이 된 적도 있었다. 1996년 3월 11일, 해기연수원에 등록하여 2주간 선원 기초 교육과 선반 안전 교육을 이수하고 선원 수첩까지 받은 그다. 그러나 끝내 배에 오르지는 못했다. 막상 배에 탈 때가 되자 이제 갓 돌 지나 아장아장 걷는 딸아이가 눈에 밟혔다. 근해를 오가는 어선과 대양을 오가는 상선의 차이는 거기에 있었다. 섬에서 자란 탓에 사내들의 직업이란 오직 선원밖에 없는 줄 알고 자랐다는 미스터 한. 그래서 유난히 아버지의 자리가 부재한 현장을 보아온 그는 배를 타는 것과 소설을 쓰는 것이나 모두 개인의 취향이라는 사실을 깨달았다. 그 개인적 취향 때문에 1년씩 집을 비운다는 게 마음에 걸렸다.

햇살이 따갑다. 미스터 한이 쓰고 있던 모자를 벗어 내 머리에 얹어주었다. 낡은 모자가 그와 함께한 시간들을 남김없이 나에게 전해주는 듯했다. 짠하고 설레고 눈부시고…….

그 후, 미스터 한은 해기연수원 교수들을 찾아다녔다. 어느 기업에서 학생들과 함께 중국해를 건너겠다는 이벤트를 발표했을 때에는 자신의 책과 함께 편지를 동봉했다. 어선과 작업선을 오래 타 배의 생리와 현장 일을 누구보다 잘 안다. 그러니 무슨 일이든지 하겠다, 시켜만 달라, 보수는 필요없다, 태워만 달라……. 그러나 번번이 거절당했다. 결국 현대해상을 찾아가서 끊임없이 호소하고 설득한 끝에 하이웨이 호를 타고 항해를 떠날 수 있었다. 2005년 4월 14일부터 5월 3일까지 하이웨이 호를 타고 부산에서 두바이까지 바닷길 3만 리를 다녀왔다. 그리고 세 명의 작가와 함께한 항해일지를 모아 『깊고 푸른 바다를 보았지』라는 책을 펴냈다. 서문에 그는 이렇게 말하고 있다.

2004년 11월 14일 저녁, 일본 홋카이도 이시키리 만에서 마린 오사카 호가 강풍에 밀려 방파제와 충돌한 뒤 침몰했다. 6명이 사망했고 1명이 실종됐다. 그 명단에는 나의 외당숙의 이름 석 자가 기록되었다. 철들기 전부터 타기 시작한 배, 당숙은 평생 바다를 항해하다가 그렇게 인생을 마무리 지었다. 당숙처럼 바람과 파도가 영혼을 데리고 가버린 숱한 항해자들은 그렇게 흔적 없이 사라졌다. 그들의 삶을 기억하고 땀방울을 확인하고 발자취를 따라가보고 싶었다. 그분들이 떠난 곳, 그 끝없는 바다 위에서 술 한 잔 따르고 조시 한 편 올려 조촐하게나마 위안이 되게 하고 싶었다.

미스터 한이 대양에 나가고 싶었던 가장 큰 이유는 바다 가운데서 목숨을 잃은 몇몇 친척과 친구의 영혼을 위로하는 데 있었다. 그의 삶과 소설의 양식이 곧 바다였다.

드디어 몽돌 길이 열려, 우리는 몽돌 길을 건너 등대섬에 다다랐다. 해녀 한 분이 작업을 마치고 물 밖으로 나오고 있었다. 미스터 한의 '소설론' 때문일까. 우리는 부러 등대가 있는 곳까지 오르지 않았다. 이쯤 봤으면 됐지. 헤어지고 싶을 때 헤어지기. 우리의 여행도, 삶도, 그러하기를.

세 남자가 활짝 웃은 이유

민박집으로 돌아오니 남준씨와 원규 형이
짐을 챙기고 있었다.
오후 2시 우리를 뭍으로 데려갈 배가 올 것이었다.
모두 짐을 꾸려 선착장으로 향했다.
섬에 있는 동안 날씨도 가장 좋고,
햇살도 가장 따뜻하고,
우리도 가장 친밀하고,
기분도 가장 좋은 시간.
이렇게 가장 좋을 때 헤어진다는 게, 좋았다.

다행스럽고 감사한 일이다. 세 남자는 저구 항으로 가는 배를 타고, 서울로 가는 나는 통영행 배를 탔다. 저구 항으로 가는 배가 먼저 도착했다. 세 남자는 가장 환한 웃음을 지으며 안녕을 청했다. 원규 형과 미스터 한은 따뜻한 포옹으로 인사를 나누었지만, 남준씨는 영국 신사처럼 악수만 청했다. 그들을 대운 배가 점점 멀어졌다. 원규 형은 손을 흔들어주고, 미스터 한은 그저 바라보고, 남준씨는 다른 데를 보았다. 나는 열심히 손을 흔들었다. 흔들고 또 흔들어도 배는 계속 시야를 떠나지 않았다. 섬에서의 이별은 가장 감상적이자, 동시에 조금은 난처했다. 세 사람이 보이지 않을 때까지 나는 선착장에서 이 난처하면서도 아쉬운 마음을 계속해서 전하기로 했다.

곧이어 통영행 배가 도착했다. 몸을 싣자마자 너른 평상에 자리를 잡았다. 섬에 오기 전에는 배에 누워서 자는 사람들을 보면서 '보는 사람도 많은데 어떻게 배에서 누워서 잠을 잘까' 싶었다. 그런데 뭍으로 돌아갈 때가 되니, 대자로 누워 잘 준비를 하는 나를 발견한다. 한 시간을 언제 가나, 싶었지만 잠시 눈 감았다 뜨니 도착. 많이 피곤했나보다. 버스 터미널에서 서울 가는 차표를 사고 편의점에 들어갔다. '십센치'의 〈이게 아닌데〉가 흐르고 있었다. 늘상 들어왔던 음악이 처음 듣는 것인 양 생경했다. 오렌지 주스를 한 모금 삼키자 처음 맛보는 것만 같다. 3박 4일 떠나 있었을 뿐인데 도시의 것은 이토록 낯설게 다가왔다. 매물도는 도시의 모든 것을 한 순간에 단절하게 만드는 힘이 있었다. 그 힘에 빠지고, 섬의 풍경과 사람에 취하면 도시의 것들은 까맣게 잊게 된다. 남준씨와 원규 형은 지리산으로, 미스터 한은 거문도로 가고 있겠지? 그들은 어디쯤 가고 있을까?

90일 후

그들을 만나고 돌아오는 길, 나는 무지개를 만났다. 무지개는 계속 나를 따라왔다. 비를 보듬는 무지개 같은, 그런 사람들이 어딘가에 존재한다는 것만으로도 가슴이 벅찼다.

비를 보듬는
무지개가
살고 있는 곳

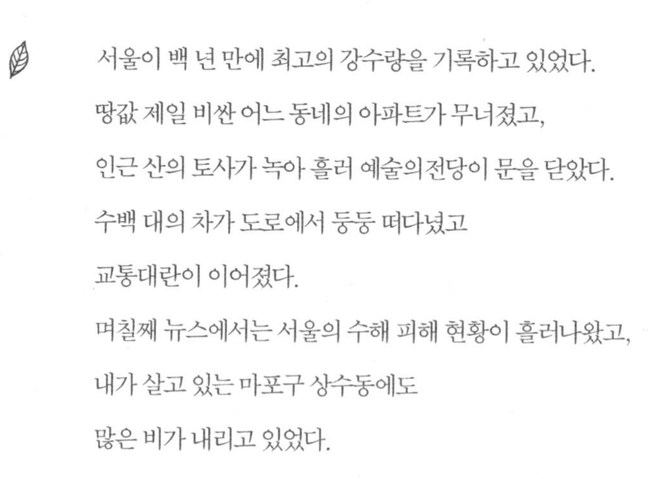

서울이 백 년 만에 최고의 강수량을 기록하고 있었다.
땅값 제일 비싼 어느 동네의 아파트가 무너졌고,
인근 산의 토사가 녹아 흘러 예술의전당이 문을 닫았다.
수백 대의 차가 도로에서 둥둥 떠다녔고
교통대란이 이어졌다.
며칠째 뉴스에서는 서울의 수해 피해 현황이 흘러나왔고,
내가 살고 있는 마포구 상수동에도
많은 비가 내리고 있었다.

다행히 나는 특별한 피해는 입지 않았지만, 귀축축한 빨래들이 드럼세탁기를 가득 채우고 샌들도 전부 젖어서 신고 나갈 신발이 없었다. 나와 동거하는 고양이 '다다' 씨의 털마저도 눅눅하던 날, 나는 지리산으로 출발했다. 매물도에 다녀온 지 석 달만이었다.

그들의 소식은 종종 듣던 차였다. 미스터 한은 매물도에서 나와 바로 거문도로 들어가지 못했다. 풍랑이 일어 9일 만에 집 대문을 열 수 있었다. 남준씨와 원규 형은 유럽 기차 여행을 다녀왔고, 그들이 사는 지리산을 찾는 사람들은 더 많아졌다.

남준씨에게,

"꽃 이름을 잘 모르겠어요."

원규 형에게,

"글을 어떻게 풀어야 할지 모르겠어요."

이런 저런 핑계와 구실을 만들었지만, 사실은 그런 것보다 그냥 그들이 보고 싶었다. 그들을 보고 나면 뭐든지 아무 문제가 되지 않을 것 같았고, 이 비雨로 충만한 뜨거운 여름도 시원하게 보낼 수 있을 것 같았다. 아, 어쩌자고 그들을 이렇게 사랑하게 되었단 말인가.

정말이었다. 세 남자와의 매물도 여행을 마치고 돌아온 나는 그들의 산문집과 시집들을 하나하나 읽어 나가고, 그들의 목소리가 담긴 녹취를 풀며 그들을 사랑하게 되었다. 여행지에서 근사한 남자를 만나 즐겁게 여행하고 돌아와 애틋한 마음이 더해가듯, 현실에서 이루어질 수 없는 사랑, 다시 되돌아갈 수 없는 사랑, 그래서 더욱 애틋하고 몽골거리는 마음을 품게 되었다. 그래서 매물도에 가던 날보다 지금 그들을 다시 만나러 가는 길이 더 설레고 떨렸다.

비는 드문드문 조금씩 내리더니, 서울을 벗어나 세 시간가량을 달리자 차를 따라오지 못했다. 눈앞에 펼쳐진 산들이 뽀글뽀글, 폭신폭신, 파릇파릇했다. 봄의 산은 홍매색을 띤 부끄러운 소녀 같더니, 여름의 산은 거대한 브로콜리 같았다.

쌍계사 십리벚꽃길과 이어지는 19번 국도는 여름에도 아름다웠다. 오른쪽을 감싸고 흐르는 섬진강에서는 래프팅과 낚시를 즐기는 사람들이 보였고, 매미 소리가 공간을 촘촘히 채우고 있었다. 봄날, 벚꽃이 흐드러지게 피어난 이 길을 보고 어느 여류시인은 "천국으로 가는 문이 있다면 이곳이 아닐까요"라고 말했었다. 시인은 이 천국의 문을 통과해 입석 마을에 귀촌했다. 지리산, 그중에서도 악양은 유독 젊은 귀농 귀촌인들이 많은 곳이다. 그만큼 살기 좋고 아름답고 평온하다는 얘기이리라. 화개장터 다리 밑에서는 아이들이 노오란 튜브에 매달려 놀고 있었다.

남준씨 집 도착. 집 안에 있는 남준씨와 창 너머로 눈인사만 살짝 건네고 밖에서 기다렸다. 시인 집 문 옆에는 수첩과 펜이 걸려 있었는데, 그는 그곳에 소식을 적어놓는다. 집을 찾는 손님들은 그 수첩을 보며 시인이 어디에 갔는지, 지금은 어디에 있는지 행방을 추적할 수 있다. 수첩을 살펴보니 그 사이 남준씨는 바이칼을 다녀온 모양이었다. 고무신과 우산, 꽃밭에 꽂혀 있던 팻말들이 가지런히 놓여 있었다.

갑자기 마당에 나와 있는 에어컨 팬이 돌아가기 시작했다. 동시에 시인이 허겁지겁 앞섶을 여미며 문 밖으로 나왔다. 반바지와 민소매 차림의 그를 처음 보았다. 부끄러웠다. 남준씨는 언제나 그랬듯이 차를 내왔다. 언제

나 그랬듯이 맛이 좋았다. 그가 손을 바르르 떨며 찻잎을 골라냈다. 시인은 무언가에 진지하게 집중할 때면 손을 떨었다. 직접 산을 떠돌며 한 잎 한 잎 따고, 본인의 잠자리를 내어주어 말리고 덖은 찻잎이니 어찌 소중하지 않겠는가. 내가 마시는 찻잔에는 남준씨의 시간과 온정이 달그랑거렸다.

"에어컨 틀었네요?"

"밤새 마신 술이 깨지 않아서."

그는 원래 에어컨을 틀어놓고 있었다는 듯 말했다. 분명 먼 길 달려온 내가 더울까 싶어 방금 틀은 거면서. 이게 남준씨만의 애정 표현법이다. 직접

적으로 표현하지 않는 것, 하지만 아무리 에둘러도 꼭 티가 나는.

"제가 서울 아가씨라 꽃 이름을 잘 모르겠어요."

"그건 서울 아저씨도 몰라."

시인은 무뚝뚝하고 어색하게 웃었다. 그리고는 매물도에서 찍었던 사진을 보며 꽃 이름, 나물 이름을 가르쳐주었다.

"원규, 오나보다."

시인은 저 멀리서 들리는 오토바이 소리가 원규 형 것임을 금세 알아챘다. 아니나 다를까. 잠시 후, 남준씨 집 앞마당에 원규 형의 오토바이가 들어왔다. 오토바이에서 내려 헬멧을 벗자 말총머리를 싹둑 자른 원규 형의 머리가 나왔다. 날씨가 더워서 머리 좀 시원하게 잘라달라고 했더니 미용사가 이리도 소심하게 잘라놓았단다. 오랜만에 인사를 나누고 있는데, 스님 세 분이 옥수수와 수박을 사들고 놀러왔다. 가까이 살면서도 서로의 삶을 존중해주는, 무엇보다 유쾌한 그들의 모습이 참 보기 좋았다.

그들을 만나고 돌아오는 길, 나는 무지개를 만났다. 경상북도 성주 즈음이었는데 무지개는 계속 나를 따라왔다. 비를 보듬는 무지개 같은, 그런 사람들이 어딘가에 존재한다는 것만으로도 가슴이 벅찼다.

2011년 8월 15일 광복절, 남준씨에게 전화가 왔다. 이미 술에 거나하게 취해 있었다.

"매물도에서 세 마리를 한꺼번에 잡았다고 하니 아무도 믿지 않아. 그거 인증샷 좀 보내줄 수 있어?"

소매물도길
Somaemuldo-gil
28

소매물도길
Somaemuldo-gil
49

매 물 도, 섬 놀 이

이 바다를 너와 함께 걷고 싶다

초판 1쇄 인쇄 2012년 5월 14일
초판 1쇄 발행 2012년 5월 21일

지은이 최화성
펴낸이, 편집인 윤동희

기 획 코뮤니타스
편 집 박은희 홍성범
디자인 홍주희
사 진 이지예
마케팅 한민아 정진아
온라인 마케팅 이상혁 장선아
제 작 안정숙 서동관 김애진
제작처 영신사

펴낸곳 (주)북노마드
출판등록 2011년 12월 28일 제406-2011-000152호
주소 413-756 경기도 파주시 문발동 파주출판도시 513-8
문의 031.955.8886(마케팅) 031.955.2646(편집) 031.955.8855(팩스)
전자우편 booknomad@naver.com
트위터 @booknomadbooks
페이스북 www.facebook.com/booknomad

ISBN 978-89-968068-9-9 03810

• 이 책의 국립중앙도서관 출판시도서목록(CIP)은 e-CIP 홈페이지(www.nl.go.kr/cip.php)와
국가자료공동목록시스템(http://www.nl.go.kr/kolisnet)에서 이용하실 수 있습니다.
(CIP 제어번호: 2012002085)